头脑里的旅行

Essays
by
Xiaolong Huang

黄小龙 著

江苏凤凰文艺出版社
JIANGSU PHOENIX LITERATURE AND ART PUBLISHING

图书在版编目（CIP）数据

头脑里的旅行 / 黄小龙著. -- 南京 : 江苏凤凰文艺出版社, 2023.6
ISBN 978-7-5594-7623-4

Ⅰ. ①头… Ⅱ. ①黄… Ⅲ. ①随笔－作品集－中国－当代 Ⅳ. ①I267.1

中国国家版本馆CIP数据核字(2023)第044099号

头脑里的旅行

黄小龙　著

责任编辑　张　倩
责任印制　刘　巍
装帧设计　Yoshioka_Yuutarou
出版发行　江苏凤凰文艺出版社
　　　　　南京市中央路 165 号，邮编：210009
网　　址　http://www.jswenyi.com
印　　刷　天津睿意佳彩印刷有限公司
开　　本　787 毫米 ×1092 毫米　1/32
印　　张　7
字　　数　100 千字
版　　次　2023 年 6 月第 1 版
印　　次　2023 年 6 月第 1 次印刷
书　　号　978-7-5594-7623-4
定　　价　49.80 元

江苏凤凰文艺版图书凡印刷、装订错误，可向出版社调换，联系电话 025-83280237

目录

第一部分 姑妄言之

第二部分 人间万花筒

第三部分
写作思考

第四部分
回忆随从

第五部分 断章呓语

代序：写在前面的话

黄昏降临的融融暮色里，我立于四楼的窗前，眺望无限远方，等待星星的绽放。我的梦幻是一些旅行，以视阈展开的步履，指向我未知的国度、想象的国度，或者说简直不可能存在的国度。

——《惶然录》

葡萄牙作家费尔南多·佩索阿在现实生活中是个小职员，有趣的是身边人并不知情，在文学中他用想象力创造出72个异名来写作。众多晚年佩索阿的研究专家搜集整理“仿日记”的片段体而编成著名的《惶然录》（又译为《不安之书》）。

灵感即来自佩索阿的《惶然录》，是一种致敬，也是一种追求。

敏感是一种天赋，是聪明的前提，又是深郁的根源。同样遇到一件事、一幅画面或一场对话，敏感之人生发出来的体悟和感想，要更多更广更深刻。久而久之，盘桓不去。如同热心肠，遇到冷处，骤然郁结，不吐不快。一旦用文字形式记录下来，删删减减，必定不会是一件讨人喜欢之事。

这些文字没有大鸣大放，内化成抑郁自嘲，权威自勉，在体内和头脑之中不停斡旋和挣扎。大概自知这过程有损身心健康。热心肠观看身边之事、身边之人，喜用冷言冷语。像生怕露出马脚让人耻笑一般，这欲言又止中，包含了波涛汹涌之情绪和体悟。

不过不要紧，文字有另外一个特点就是经得起时间的考验，这些文字的价值会如何呈现不得而知，或者放在更长更广的时间维度中去考量，会有不一样的结论。

事情还需要从个体说起，一个人从懵懂儿童，成为理想青年，再走向抑郁中年，从农村走出，辗转到城市，似乎同是一代人的命运和走向。这里头情绪复杂却又单一，或许到了一个奇怪的阶段，在某些琐碎文字之中，读着读着就收获了奇怪的共鸣与感动。

大体因真诚，这些类似日记一般的散文，构成一个又一个奇怪而复杂的平面，往里面看仿佛一面镜子，看到的是自己，也看到了幻象。这本书的参与度很高，小龙老师给了很大的信任和支持，我希望把那些隐晦的、曲折的、混乱的情绪，找到一些凝聚的点，可能是一次不成功的尝试，但是我们都想把真实的一面如实交给读者。

此书或可以当成一场实验，每一篇文章就是对生活中、头脑中社会人生的片段做有趣的观察。

宗白华在《怎样使我们生活丰富》中写道："生活即经验，生活丰富即经验丰富。"

难得的是，作者好像无意之间掌握了这独门武功，在这生活经验和头脑旅行中，收获了多于人两倍，甚至三四倍的生命体验，何尝不是一件幸事。

胡家

2023.2.23

第一部分

姑妄言之

一

一方山水一方人。

大师兄画室的墙面很有些嘈杂，肉色的大白菜，低头吃草的绿马，穿比基尼的异域女人，水中的飞鸟……其中隐喻着什么？难道他的风格又变了？

按照大师兄的理论，艺术家往往会给自己定下目标，参赛就要得奖，出书只是一方面；得了大奖，才会被大伙认可，也有不得奖被大家记住与怀念的，那就是奇迹，这种奇迹放现在，基本上没戏。我知道在文学的道路上有无比漫长的路要走。只是我那种纯粹的喜欢，打动了大师兄，于是，他变着方法把我的文字梦撕开又揉碎，加入别的元素，舒展出新的主张。他的严厉是由他的嗓门烈度搭配而成，凶起人来是另一副可怕腔调，唯独对我屏得住，接着变成咳嗽，脸颊涨红，双肩剧烈颤动。

58 岁扎着辫子的男人，嘴角一颗美人痣，周身像擦过桐油，据说晒了不少夏威夷的阳光。他关心我创作的进程，鼓励我写小说："写散文的终究没有话语权，诗歌在顶端，小说其次，一本就够了。你确实近水楼台，有得天独厚的视角，听到看到的，别人都没有。"

"平时观察每个人的言行，尤其是语言对白，会非常鲜明，这样一点点积累，总会有爆发的时候。你还年轻。"大师兄的话每每春风一样刮进我心里。

大师兄自谦“眼高手低”。

“语感保持在一个高度，文章要制造悬念的东西，不能太平顺。每一篇小说要在笔力下留精华。修改的时候，你也在提高，慢慢改，慢慢找感觉。少一些私人的情绪化的东西，多一些时代的东西。写人物情节，重点在人物故事的挖掘。人物说话的语气，要站在说话人立场。对话也是很好素材，有夸张情绪，移植到自己身上，用词讲究。每一篇都要有自己的语气和调子，写好了改。改好一篇，后面就成型了。所谓大框架，小文章。前后衔接，控制好跳跃性，有一个深度，常识性的东西贯穿着。”

江湖依然流传着有关“陈没落”的神秘传说。在顶峰他选择放下文学拿起画笔。绘画比写作更滋润生活，生活是眼前的事。绘画和写作相比就简单多了，后者是绞尽脑汁的事。

有个同道把小说新作给他鉴赏，居然被他喷得一无是处，没有留一点情面，留着我在一边替同道紧张。这是他的真性情。

如今他依然可以在文字和画作间自由行走，这是一个特立独行的存在。我的作品去年获得太湖文学奖提名奖，他直说很意外。我觉得是沾了他所绘的封面和插图的光。“你看，现在更多的人注意到你了吧，以后你的履历里可以堂堂正正填上它，不过你得好好加油，这个奖太侥幸了。”他笑起来像个孩子，就好像他得了中国美术奖一般。

海燕

“在苍茫的大海上，狂风卷集着乌云。在乌云和大海之间，海燕像黑色的闪电，在高傲地飞翔……”

单位食堂有三个阿姨，两位大叔，其中个子最矮、讲话“突突突”跟打机枪似的阿姨名叫海燕。想起小品里那句台词“海燕啊，你可长点心吧”，我就老想去逗逗她。

她笑起来露出两个浅浅的小酒窝，还有满口的大黄牙。周末通常留两个厨师，她老是要去指挥高个男厨师，而他一言不发，只管自己手中的活，空的时候才会搭理她。中午的馄饨皮很筋道，茭白肉，只见肉，不见茭白。这要是开店，老板要蚀本的。

名字叫海燕的着实不少，老家村上就有两个海燕。一个大学毕业变成凤凰飞出黄土地。另一个家里三个女儿她最小，父母非要把她留在家里招婿，她宁肯背上“不孝”的骂名也要远嫁他乡。后来怎么样了，我这只离乡的鸟儿也不得而知。

太阳从西面往下落，阳光渐渐抽离天空，把温暖也带走。北方人眼里的温润我很少见，峰哥举起酒杯感谢他生命里的东北女人，用他的原话：“她点化了我，使我成为真正的男子汉！在为人的道路上发生质的改变！”她们直率豪爽，聪明的赚到钱好好过日子，愚笨的挥霍一空，到头来空欢喜一场。他每次喝了酒便忍不住说起他的初恋海燕，一把鼻涕一把泪。

杨阿姨

杨阿姨家里有八套房。独子小过，大学毕业想去外面闯荡，征询她的意见，她没有同意，但还是拦不住他。小过成家后，回无锡安顿过几年，可他一直不满足于现状。再次找到母亲，母亲告诉他："现在我只能给你意见，要不要出去，得问你老婆。"

他老婆当然摇头，儿才 2 岁，肚里又怀着宝宝。"我是为了让你们的日子过得更好！"小过一句话让两个女人的心瞬间软化。不争也不吵，一家人和解，为他饯行送他去机场。他一路摸爬滚打从店长提升区总到公司的二把手，女儿正好满 3 岁。小过没有告诉母亲，其实大公司的竞争压力很大，35 岁以后就有被辞退的风险，危机感在他心里盘旋着。

去年小过在高速上遭遇车祸，汽车翻了几个跟头，几近报废，庆幸的是他好好系了安全带，除了几处擦伤，仅脊椎骨轻微压迫性骨折，算是捡回一条命。

杨阿姨说起儿子既有心疼，也有满满的自豪感。

一方山水一方人。

秦老板曾经在国外做木材生意，有自己的林场，和下游许多家具企业打交道。后因政策因素，生意做不下去，转战家具市场，才有了如今的红木馆。

他所在的乡梓，涌现出大量传奇人物：慈善家李金镛、教育家匡仲谋、“电池大王”丁熊照等，最新考证显示它还是“书圣”王羲之的出生地。古运河风光带上独有的“洛社八景”声名远播，一度成为骚客文人的雅集之地。“人物往来之盛，商贾之多，陆行戎马，水驾风帆。”大运河纵贯的洛社，是我琢磨不透的一方神奇。

他给我泡工夫茶，我听见矿泉水瓶吐泡泡的声音，没水了，略微有点尴尬。我们互加微信，他的朋友圈横着一条长直线。我们面对面坐着，窗外的阳光打在我的脸上，他的上半身陷在阴影里。他透露早年已经移民国外，说起国内的民生一副从容的气度，我甘当虔诚的听众。他抛问题给我，慢慢抽丝剥茧，我像个小学生，这感觉怪怪的。聊了一刻钟，我起身告辞，他目送我离开。我从车窗与他挥手告别，他的脸上没有一丝表情，就像谍战剧里深藏不露的大佬。

父亲

他已经两年没有和我说过一句话了。他的骨灰埋在铁路边的坟场里。清明，七月半，祭日。活生生的一个人，受尽顽症折磨，骨瘦如柴，在我的怀里逝去。没有姐夫的帮忙，我一个人根本无法给他穿寿衣。他的手掌浮肿，他的掌心还有温暖。下肢冰凉。弥留之际，营养液已经输不进，全是倒流的液体。他眼巴巴把望着我，一动也不能动，眼里全是泪。我起身叫母亲和妻子。

老人说送亲人要哭要喊，让他安心上路。点一对蜡烛，供一些糕点，敬奉接他去的神灵。姑父还推了推床角。等给他穿戴好，双手交叉胸前，噙着金元宝，拿着折扇，体体面面，像一个即将要出远门的人。女人们哭天喊地，我只有流泪，叫不出来。这一天早晚要来，从我拿到确诊报告开始。这将是无法挽回的打击。从家乡人民医院到上海的医院，他一直很乐观，我们也抱着很大的期望，以为把胃切除部分，哪怕全部，都不至于有最坏结局。一场病调动整个家族的财力物力人力。用最好的药，白蛋白 600 元一小瓶，三天一瓶。每天打一剂提高免疫力的药。化疗之后数据显示，肿瘤标志物指数还是偏高。我开车接他出院，人很虚弱，他躺在后座靠背上，眯着眼，脸色蜡黄。

两层半老宅，住了整整二十年。拆了重建，我们要赶时间，让他看到新房落成，住上一天也好。一边是医院，一边是工地。那半年是我离开家乡后待在老家最久的时间。姐姐们轮流照顾，七大姑八大姨都来看望。每天靠营养液的维持，哪里有中药偏方，我也都慕名而去。住院有时间限制，出院了过几天再进去。他走起路来像具骷髅在摆动。献江大叔处处帮衬，大伯家并不嫌弃父亲，把祖宅腾出来给我们住。

年少轻狂，希望快点长大，可以摆脱对父母的依赖。而当要独自去面对人生的悲欢离合，世事无常，那个原本依靠的人已不在。那简直是双重打击。父爱隐形，可能无言，甚至训斥，抽打过你，看上去严厉，不会亲吻脸颊或额头，不曾拥抱过你。但是，他一直默默地无条件地站在你身后。

我也是父亲，可我永远是你的孩子，我找谁去撒娇，我孩子的那一面给谁看？墙上的相框，影集里，浓眉大眼，精神矍铄。你的百宝箱，睡过的床，常用的钓鱼竿，都在，就连修理改装过的自行车，虽然蒙尘，但一直在车库老地方停靠。我们不想改变，我们心里，你还在，只是不言不语，只是我们无法交流。我们只能去坟前，完成一种纪念。冰冷的墓碑，表明我们已属两个世界。那个世界，倒着回去，我们也在路上。

在这个城市生活过。尽管城市拆了又建，回忆残片依旧可寻。南禅寺还是人声鼎沸，曹安市场搬到了马路对面，小区的大饼油条店还是门庭若市。太阳每天升起，又从西边落下。日子依旧一天天向前奔跑。

世事无常，那个原本依靠的人已不在。

福贤

小时候我和小兰在上石桥粮管所门口对着来往的汽车挥手："停车，停车！"还真拦下一辆东风大货车，司机就是福贤姑父。我带他去山坡上的粮站办公室见父亲。父亲对这个妹夫相当满意，"三个甜三个咸"一直挂在他嘴边。

福贤曾在部队当驾驶员，转业后帮老板开车，结识各地的朋友。

我人生中的第一套西装还是福贤姑父去广东出差时特意带回来的，当时我还未满18岁，高高的肩垫使我像个活动的衣架。

排行最小的友娥姑姑的姻缘是福贤牵线的。福贤姑父又是国英大姑父介绍的，他们同属一个大队。大姑父吃苦耐劳，家里几个兄弟家大业大。就他本分，为人正直诚恳，很有侠义气。他答应人家的事，一言九鼎。

福贤姑父的大女儿在舟山船厂，会说一口流利的日语，深受大老板器重。二女儿在杭州工作，我那美丽秀气的表妹自然是不愁嫁的。

小女孩

孤儿院里的小女孩，在水泥地上画了一个妈妈，然后小心翼翼地脱下鞋子，蜷曲着身子假装躺在妈妈的怀里，她真的睡着了。对小女孩来说，妈妈就是她的整个世界，没有了妈妈这个世界黯淡无光。

孩子的世界本该单纯而幸福，而不是充满硝烟和战火，也不是贫穷和无望的未来，更不是流离失所，成为难民。地球的另一端战火依然在燃烧，我们祈祷战争早日结束，共同爱护我们唯一的地球家园。

怪事

“我不是白毛女，你烧的菜里没有一点咸味，走路两只脚都抬不动。”妻子放下碗筷，兴师动众地冲我发起牢骚。不是我忘了放盐，确实是我“吝啬”，我把体检报告扔给她。“医生建议我少油清淡。”我极力辩解道，彼此落了一肚子气。

夫妻俩同吃一锅饭养出一个瘦子一个胖子，挺难解释的。

一个女人的萎靡从哪儿开始？一双儿女不再听话，失去双亲中的一个，工作上一地鸡毛，丈夫不再安慰她，而只是浅表性需要。旧有的伦理体系在多变的世风面前不堪一击，破碎的还有她的心。

有时一个人在饭点觅食，突发奇想去马路上随便拉个人一起用餐，我乐意买单，唯恐对方当我是神经病，认准我别有用心。

大鱼

我童年的大部分时间在乡下度过的，那时的蓝天白云美得让人窒息，我躺在半山坳人样高的草垛里，耳朵紧贴草根，听蝉鸣蛙叫之外大自然的声音，我猜想在大地的背面一定有一个神奇的世界，只是他们说的话我听不懂。微风拂面，我嘴里叼着狗尾巴草，蚂蚁在脖颈上游走，它们在我的身体上迷了路。那种无忧无虑，现在的孩子们可能体会不到。

父亲嘴里叼着烟，吱吱冒着火星，左手揣着亲手打造的 T 字形小木凳，右手提着五米多长、周身泛黄的竹竿（自家竹林他一眼相中的通直、坚韧、光滑，竹结平整而有规则），头戴一顶麦秆草帽，帽檐黑墨汁铺散开来，“孟湖乡粮站”五个字清晰可见——父亲从我的记忆之门亮晃晃地走出来。他出门必然要戴着那顶麦秆帽，在我看来那是工人兄弟的某种暗号。鱼饵是竹林里挖的蚯蚓，专挑细长的，鲜红色的，它们挣扎得厉害，空气仿佛是油锅。父亲沿着池塘走一圈，看水的深浅，水流的走向，树荫底下，离高压线远一点通常是他下饵首选地。他从口袋里抓一把生米，偶尔也用麦麸或面粉团，这就是打窝了；一根烟的工夫，他立好木凳坐下来，然后调漂，上饵，抛竿，一气呵成。我从小耳濡目染，也央求他给我置办了一套钓具。可我好像是一只猫，鱼儿们在水底看出端倪，一张猫脸映在水面上，立马逃之天天，“姜太公钓鱼，愿者上钩”用在我身上一点不为过。渐渐地钓鱼没有成为我追逐的乐趣，反倒让我成了一个特立独行的野孩子，自己玩也不亦乐乎。我争不过人家，打不过人家，骂不过人家，方圆十里躲猫猫还是没有对手的。

父亲几乎不会空手而归，他那根竹竿真是神奇，野生鲫鱼、鲢鱼、川条、黑鱼、甲鱼、黄鳝、泥鳅、青蛙、河虾……我都猜不到下一餐八仙桌上会给我带来怎样的惊喜。他还钓到过水蛇，我听了瞬间毛骨悚然，一个晚上没睡着觉，都怪父亲不小心说漏了嘴。父亲钓鱼很费烟，一天两包打底，杭州（顺带收集卡片）、红塔山、云烟、阿诗玛、上海……也没有固定的牌子。他差我去代销店买烟，我总是可以捎带上私货：白糖棒冰、“大大”泡泡糖、山楂片、沙琪玛，每次不重样。烟酒不分家，父亲还是一个老酒鬼。一个打了一辈子算盘的人，一个没有被酒误过事的人，人世间少有。父亲嘴特别刁，只喝家酿酒，要么农家自酿的红曲酒缸米黄，要么高粱吊的白酒，杨梅烧，断供干脆就不喝了。父亲从来不贪杯，我记事起从没见他醉过一次，即使在儿女的婚礼上、孙子的百日宴上、新居落成乔迁宴上，纵有千万理由都点到为止，也或者他酒量太好，千杯不醉。我至今不知其妙。他对好酒的评判标准是：“嘴不干，头不疼。”

父亲喜欢钓鱼，但从不吃鱼。对我来说，吃鱼最好在冬天，比起鱼肉本身，鱼冻更有诱惑力。每年到了春天，父亲的鱼竿要歇足三个月。我明白他的用意。父亲告诉我，在渔船上吃鱼，碗里的鱼是不能翻身的。工作需要他时常下乡，有一回去帮扶对象家里走访，那家人大老远看到父亲和同事往他家方向走来，赶紧把大门关上。父亲心里一阵不悦，皱起眉头，接着传来几声鸡叫，大门再次打开。原来农户视父亲为座上宾，正准备杀自家养的土鸡来款待他们。他的人生趣事几箩筐，够写一本厚厚的传记了。

年龄的增长影响了我的世界观。经历过的某些事如今依然无法彻底明白，有时这感觉让人绝望。父亲制造了我，从小影响我，直到我成长后“背叛”。他放弃改变我，而我想要拿起知识、经验、阅历，甚至物质去改变他。结果我发现改变意味着剥夺他身上的某种特质，认清这一点后我终于妥协。

父亲那些温暖的话语如同一处温暖的炉火，永远燃烧着；而现实里漫天的静默，如同河边正在垂钓的父亲，坐成一尊雕像。他又要带给我怎样的惊喜？但吃鱼总能带给我慰藉。

父亲的一生告诉我：每个生命都有各自的旅程方向和原因，要靠自己去寻找和完成。对故土我心怀愧疚，是我孤注一掷背井离乡，像一片树叶在河里湖里漂，似家非家的漂泊感充斥着我的大半生。唯有父亲宽容和包容我的不成熟，他在那里生了根，我怎么拔都拔不起来，它默默滋养着我。我想只有当我真正理解父亲的时候，我才能真正理解生活。

也许上辈子我是一只猫，只要给我一条鱼，就会奔向有鱼群的方向。

文青

我的父亲原先在一个叫上石桥的集镇工作。那里有一条长长的斜坡。长坡往西二里地有一个叫夏李的村庄，我打小就知道那里出了一个有名的大师——李渔。

我的童年在两点一线间来回。椎体的粮仓，像是雪人戴了一顶黑毡帽，一年四季憨憨地立在那里。倘若早上起得早一点，我能赶上外公推磨的豆浆，他手工制作的豆腐在当地家喻户晓，也养活了三个舅舅两个姨，还有我的母亲。

夏李村当时隶属孟湖乡，是市里有名的贫困乡。乡政府大院最北角矗立着一座青石雕像。颀瘦男子的后背挂着一条大辫子，脸上颧骨突出，眼睛盛满忧郁，藏着故事。他右手低垂紧握书册，左手在胸前摊开，雕像牢牢盘踞在水潭中央。雕像底座假山围绕，搭配盆景植物，水潭里鱼儿嬉戏。他身上的布衣几百年未濯，若有所思的样子仿若他不属于这个现实世界。这是我与李渔大师的初面。那时我对他不甚了解，除了他题在村口且停亭上那副朗朗上口的对联："名乎利乎道路奔波休碌碌，来者往者溪山清净且停停。"父亲也经常在我面前吟诵它，这增添了我对雕像主人的崇拜感和探知欲。

从那时起，我的脑海就闪现了与文字做伴的念头。乡下的教育条件并不好，姓黄的代课老师教我们语文、数学和体育，他简直就是全才，虽然还没娶到老婆。四年级的时候我开始学写日记。流水账似的，觉得没东西好写，甚至写了一阵就放弃了。后来几个小学合并，师资条件相对改善，我们也能接触到一些课外读物。起关键作用的还是我成为语文课代表之后。因为要给班级出黑板报，留了块原创专栏，没人投稿就只有自己写。开始时是任务，后来就是喜欢，然后一发不可收。有几篇被老师拿来当范文，在课堂上朗读，心里有一种偷偷的得意。后来也参加了一些征文比赛，杳无音信，印象中只有一次得了个鼓励奖。这又是对我的当头一棒：我那么认真却得不到认可。暑假去外婆家，我都怕见李渔老人家。看到那条尾巴都要绕开走，它就像是一条鞭子，随时会抽打到我背脊。我觉得他准在笑话我。

父亲是个杂家，闲暇之余钓鱼，捣鼓家里的缝纫机，修伞补胎样样在行。隔壁邻居找上门，他都应承下来，邻里送的鸡蛋家中一年到头也吃不完。他每个月从单位带回两本杂志，《知识窗》和《山海经》，这也是课本之外的杂食，但并不合我的胃口。学校每天早阅读的时间，人家背《唐诗三百首》，我偷偷背起鲁迅的文章段落。“沉默呵，沉默呵！不在沉默中爆发，就在沉默中灭亡。”“真的猛士，敢于直面惨淡的人生，敢于正视淋漓的鲜血”“我好像是一只牛，吃的是草，挤出来的是奶、血。”……

我的中学语文老师——王犁刚先生，这个古怪的老头大大开拓了我的眼界。乡下那些四角的天空越来越像一口井。我们的写作素材来源于他极力推荐的《南方周末》，用柔软的心抓住那个时代最敏感的脉搏。只是不够尽兴，文字抵达不了，高考指挥棒左右着我们的方向。

交笔友成为年轻人的时尚，文采显得尤为重要。文学与生活密不可分。这当中也有我的妻子，那时我们鸿雁传书，最终收获了爱情。

外公外婆先后去世，三个舅舅不得不分家。夏李村名气越来越大，乡政府低矮的牌楼显得不合时宜，某一天被夷为平地，那座李渔雕像也不见了。我心里徒生些许惋惜，旧世界总是会被推翻，新世界欣欣向荣。后来我在《闲情偶寄》里重新认识了这个文坛巨匠。当地文化界对他的另一部作品只字不谈。

为了生活，对文字的热爱渐渐退回到内心，它关在内心的某个阁楼。娶妻生子，为碎银几两打拼。不再把写好的文字拿去报刊发表，日记也断断续续。

父亲的骤然去世像是我人生的一场大地震，我的世界瞬间崩塌。鲜活活的一个人，孤零零的一座坟。我无法理顺我和故乡，我和父辈的关系，乡愁教人发愁。伤痕愈合后我整理了近年的一些心灵感悟，出版了人生第一本散文集——《表情》。

你我的青春都有相似之处，有时勇猛无比，有时脆弱无力。

青春

年轻人对时间的相对论无动于衷，每天熬夜只睡五个小时。心里遇到了障碍或是困惑？他是个爱思考的孩子，我们试着提醒他。我们改变不了世界，可以记录它，修正自己，在时代洪流面前趋利避害。

我们坐下来探讨青春的事情。你我的青春都有相似之处，有时勇猛无比，有时脆弱无力，大多时候孤独又高傲。但我也没有留下真传，不能给孩子很好的指点。实际上也不需要。

孩子睡眠不好，以为是大学生活的不尽如人意。总结起来学会接纳，多与朋友交流、倾诉感受，调试自己的心态。我只顾自己滔滔不绝，停顿的时候，他那边很安静，似乎觉得他并不在听。两城相距 180 公里，他忙社团，忙学业，电子游戏已经没有一点诱惑力，“遇见有趣的人！”“多和优秀人的在一起！”“每天起床一杯温开水。”“多去操场溜达几圈。”他有他的想法。关心多了，他反而不自在。青春觉醒之后，他建立起自己的堡垒。

我买了无人机送给儿子当生日礼物。想不到它比风筝还难掌控，父子轮番上场，飞向草坪，飞向篮球场，飞过骂蠡港，即时影像传送到手机，脱离地面从另一个角度看大地，人也无处遁形。太远了担心信号丢失，于是又召唤回来，这个长着四对翅膀的“怪物”飞着飞着，总想要摆脱操控。我觉得儿子就是那台我驾驭不了的无人机。

他的内心燃着一团火，把自己烧得体无完肤。每一秒，指尖要去抓挠皮肤。睡着了，所有触觉跟着休止。一醒来，它们全部复活，万箭穿心。两条淋巴结像两条铁棍，插在他的颈动脉。要把他按在空调里，青春期才会安分一些。放出去的风筝，线在我手上，但是抓不住它，看不到它飞翔的样子。

它本质上是一种反抗，也是对无能为力的事实的一种确认，对无力本身的颂扬。

妻子凌晨四五点钟临盆，丈母娘在里面陪产。我在产房外门缝里偷看，血腥的场面，分娩是生命的迸发，脱离母体，吾家又添丁。红彤彤的一团肉，他的呼吸停顿一下，大夫拍打屁股，一声穿透力极强的啼哭，好像受了很大的委屈。长子凌晨三点在老家红十字医院分娩，那是我父亲最荣光的时刻。“顺产，母子平安！”父亲早上六点多给我打电话。

我的两个孩子，将来能够到达哪种程度，肯定会超越我。他们没有铺设那种格局，又意识不到，堕落不用教，别人的故事不可能发生到我们身上，我们有自己的演变史。

“这位同学很纯洁。”这不像是赞美人的话，虽然没有任何恶意。

小子可以在床头柜充当电脑桌的台式机面前，纹丝不动。他在那构建那些三维立体图。这是他的周末。我试图制止他。他报以怒吼，脖子额头青筋暴起，我说了重话，那简直惹怒他心中的魔。我好像也没错，努力学习考上“985”或“211”院校，可以有更好的平台。他们有七年的差距。有时觉得我在这个家是多余的，别人的父亲比我有本事，两个孩子，一个沉默，一个咆哮。没有点承受力真要崩溃了。我也是父母疼大的。

小子的后背、肚皮、脖颈、头皮，都是虫咬蚁嚼的红点点，他控制不住那种穿心的痒，抓挠甚至破皮才解恨解痒，有几年了。他全身皮肤毛毛糙糙的，平时穿衣服裹得紧紧的。这是一种病症。身上没有一寸完好的肌肤。是虫患还是过敏，匍匐他身上好多年，像是钻在我们的身体里。

网上预约，去二院皮肤科取号问诊。医生简单问询病史，确诊皮疹，孩子过敏性体质无疑。忌辛辣刺激性食物，不熬夜，房间多通风，多晒床单被罩，开了防过敏性药及激素药膏。医生这么说大人心里也就放心了，三五分钟一个号，然后按键叫下一位。医生不多说话，有问必答，不好意思缠着她太久。

他身体里潜伏着怪兽，他不能将它打败。

13 岁的男孩和同学约好到南禅寺聚会，右肩背着手提电脑包，左手戴着手表，说是要绿色出行，我提醒他早点出门。

我记得流鼻血的感受，身体开了个口子，有东西咕咕往外流，竟然有一种畅快感，好像把入侵者赶跑一样。这感觉和抽血、献血又不太一样，眼睁睁看着红色液体被抽走，心里生了抵触，结束了吗？够了吗？身体发出无声抗议。

改变不了世界，也改变不了沉沦的自己，那就拉小提琴吧。

理发师

我叹口气："我的白头发太多了。"

他问我几岁了，我说四十二三，他刨根问底，二还是三。

"你哪里人？"

"我是浙江人。"

"金华火腿？绍兴师爷？宁波海鲜？"我说第一个。他立马来了兴致，安慰道："白头发不要紧，掉头发才可怕。"我仔细打量他，头上一根白头发也没有，脸颊也没有一丝褶皱，光滑到可以在他脸上滑冰。

他让我猜他年纪，我说："不出 50 岁。"他停下扬在半空中的发剪："要下辈子了。我 1957 年的。"

"啊，确实看着年轻！"

"您是过来人，我现在过得不明不白的。"

"不要着急，再过二十年，你就会认命，只能这样了。"

"或许要不了多久，50 岁就知天命了。什么都放下，不再计较、自寻烦恼。"

我不好点头，更不能摇头。

"毛巾带了吗？我给你洗头。"我没有作声。"又忘了，你这个人呀，上次跟你说过的……这就是你为什么没在浙江，落在无锡的原因啊……浙江都是大老板，而你不是。”

他戳中我的痛点。还有七年，我就 50 岁了。

更年期

上了岁数，不再扎堆趋附，更愿与三五好友喝茶聊天慰风尘。唐总属于这类人。

华人圈、温哥华圈、家族圈、医药圈，她名下还有几家公司。笑谈与先生没了温情，只是搭伙过日子。她先生离开医药公司去某车企当高管。她就是想找一个倾诉的人，给垃圾情绪找个出口。她暗自揣测大概是更年期到了。倾听、附和，我做得到；给建议，不在一个层面，怕暴露个人的浅薄，只能三缄其口。她想在国内办退休，差不多拿 3000 元一个月。这笔退休金对她来说只是锦上添花。

她想进入某个圈子，在新的天地呼应自我。提到在海外不听话的儿子就来气，名校毕业偏偏要去当一个厨子，满心失望。

她理想中的生活，是不计较太多，心灵上不长杂草，安安静静，优雅地幸福着。她在惠山有一套市价六七百万的别墅。可是不去打理，房子就是个累赘。哪怕偶尔过去小住，也要为此准备许多。人来人走，房子都要有交代。

她理想中的生活，是不计较太多，心灵上不长杂草，

安安静静，优雅地幸福着。

席知

席知从小在上海长大：“为什么上海能出高个子，又能出飞人？”“上海家常食谱品类多，量虽少，但吸收得全面。”我身边有不少上海朋友，给我的感觉：精明不假，但也很“拎得清”，注重细节。

席知是“资深”的职业经理人，干过供销，当过老板。十年前月薪两万块，十年后依然是这个数。他拍拍胸脯，那些年都是虚度。掏心掏肺，廉价如旧报纸。

我亲见他训斥手下的爱将：“做事情先不说结果好坏，最起码的责任心在哪里？如果觉得不能胜任，自己打报告！”

席知还很有正义感。原来的东家以员工年纪大了、和经销商沟通有障碍不利于公司发展为由劝退那些老将，要他们回乡下老家。然而微薄的退休金如何保障晚年生活。这种遣散方式不厚道，大多数老员工表示反对。席知谈了大客户，引起别的部门嫉妒，希望老板要他把客户让给公司。席知立马站出来反驳：“这是凭本事谈的业务，我们不做，别的公司抢着做。我不去谈，别的部门未必搞得定。”席知对老板契约精神的履行深感焦虑，他经常出尔反尔，席知的底线反复被触碰。说到底业绩才是尊严和话语权，这很现实，到最后在商言商，没有交情可言。天知地知，你知我知，席知。

搭腔

混在刘海里的白发没有一根是平白无故的，也不是因为爱的人惹她生气，而是鸡毛蒜皮的日常。

去某医院体检，来早了，间隔一米排队。门卫老师傅和办健康证的老阿姨搭上腔。

“我退休金每月3000多元，一个人刚刚好。一天两包南京，还要喝一口。”老师傅露出满嘴大黑牙，霸气地把一个想闯关的男子劝离。他继续开腔：“人活到80岁够了。躺在那里一动不能动，活受罪。”

“说是这么说，人还是有很强求生欲的。医院里看得多了，你还一天两包烟，健康两个字多值钱。”老阿姨并不认同他。

“3000块一个月，5块一顿工作餐，家里没有啃老族，老两口小日子美滋滋了。”老师傅不像是回她话，倒像是炫耀弄他的小资生活。

我的眼睛远视没有明显变化，看近处的字不清楚，老花眼竟然缠住了我。最近老是出错。妻子嘱咐我去芦庄菜场买10元糯米回来，我直接称了10斤回来。明明想打这个字，屏幕却跳出来别的字。一道光从走廊尽头照射我的眼，然后飘过来一个秃顶戴眼镜的白衣男子，我看不清楚脸，眼睛适应那道光之后，才看清那是施老师。

施老师家的老宅在崇宁路上，据说是一个几代同堂的大院子，住着九户人家，是仕泰隆布庄、钱氏后人聚居地。东林书院，人民路，中山路，县前街，那都是他从小玩到大的地方，正宗的当地人，以至于冷不防成为王兴记门庭若市宣传画里的食客丁——那个啃包子的少年。他开了十几年的手动挡现代越野车我驾驭不了，离合器很硬，我上去就熄火。他老伴是某小学老师，儿子在银行工作。他问我有什么爱好，我告诉他我不会抽烟不会喝酒，也不会打牌打麻将。他说我是好男人，我回他可是没有乐趣啊。

“乐趣因人而异，我不能强加给你我的判断。”他反驳了我的自嘲。

施老师说他再干三年就可以退休了。抖音里那些网红景点成了人山人海的“堵城”，游客所到之处都会留下足迹（垃圾）。他想和老伴去新疆、西藏旅游，倘若去青海的话最好在夏天（我们的秋天那边已经隆冬）。圣地终归人烟稀少，景色绝美。

我还没想过这些，我要回一趟老家，看看老母亲，陪她说说话，再给老父亲上个坟。

超人

楼上有一个自闭症孩子，难得出来放放风。他口齿不清，对什么都好奇，远远看见猫便尖叫，父亲轻轻拍着他的脸，他立马安静下来。跟着牛高马大的孩子，任由他躺着，趴着，双手摸东摸西。他或许只有 3 岁小孩的智商，父亲紧盯他的一举一动。他一天天长大，不会说话，不能表达，只有身边的人可以接近他。这位父亲是个超人，他的脸上始终挂着笑容，一步步耐心地进入儿子的世界。父子的喜悦在旁人看来画面温馨。

凌鱼

阅读忌讳碎片化，但文学可以将碎片化记忆重新拼贴、黏合、打磨、还原。凌鱼的笔带有魔力，《记忆碎片》的由头为了纪念天堂里的奶奶。嘉宾座谈、研讨，好似春天的一个惊雷，沉睡的记忆被文字唤醒。两个“不正经”的男人，还有一个“沉默”者，从新书的扉页跳出来。

每读一本书，我就要把启发吞到肚子里。它们像刀片一样，隔开体内异化的结节，留下猩红，提醒收敛一些，含蓄一些，“混账”一些。

我是一个不善言辞的人。从开口学说话到入土半辈子，我依然克服不了当众说话紧张、毫无逻辑的顽症。我是来学习的，“丢脸”不在我的预期里。

凌鱼将写小说的手法用到散文，形成了极高的辨识度。他写作有个秘籍：做减法。300 字浓缩到 30 字或 20 字。写作是有方法的，但未必适合每个人。

凌渔昨晚失眠了，怎么也睡不着。半夜三更想起来写小说，找不到感觉，好不容易才熬到天亮。等发布会完美落幕的那一刻，终于如释重负，他竟然想找一张床补个觉。

他是个敏感的人，在乎别人的评价，敏锐而且上进。

下次请你吃饭

我脑海里呈现这样一幅画面：临初的奶奶蹲着下半身，剥虾壳挑去虾线，然后喊一声“啊”，起先临初配合，奶奶顺势把虾送到他嘴里。他吃了几口玩心又起，解开脖子上猴子图案的肚兜往地上一甩，奶奶满院子追着他跑。

临初的爸妈有一阵子吵得特别凶，他直接被爷爷奶奶抱走。临初妈妈的哭喊声半夜三更从窗户缝里钻进来。人前恩爱的夫妻，到晚上像仇家一样。

后来因为拆迁临初家分得五套安居房，一家人合计卖掉两套，在新光路入手一套商品房，跃层式的。剩下的简单装修，中介挂了两天就租出去了。临初爸爸知道我有个老乡在长发商城卖家具，所以没少来找我。再见他们一家，临初爸妈比以前更黏糊，只是妈妈的气色大不如前。爸爸的东西，妈妈不能碰的，反过来可以，十足的大男子主义。

“下次请你吃饭呗！”临初爸嘴里的“下次”至今没有兑现过。

心理医生

灰暗的中场休息大厅，一米之外精致的幽灵般飘来飘去，凑近一看绵里藏针。绯红的脸有刮过的痕迹，像《西游记》里的妖怪，雪白而修长的大腿显出勾魂夺魄的蛊魅，刀光剑影般来晃去。女人主动一点就有故事。灯箱在夜里散发着耀眼白光，和周围早已沉入夜色里的牌楼相距甚远。

“今年打了三次玻尿酸了！”

内心干净脸才能干净。

“难怪，一张脸救一个人。”

“人到中年，孩子、伴侣、事业、父母，危机感从四面八方涌来。”

“老公和我一直分房睡，生完第二个孩子，就没有过正常夫妻生活。男人好赌，经常不着家。两人各管各的，门面上一家人，实际上当初的热情已殆尽。”

我无意听到妻子和她闺密煲的“电话粥”。都是闺密在讲，她静静听着，她平时没少看心理学的书，还是派上用场了。“未经他人苦，莫劝他人善。”渡人不如先渡己，并不在事情的本身，而在于人们对它的看法。最好的办法换个角度，不仅自己做到，也引导当事人这样看问题。

渡人不如先渡己，并不在事情的本身，而在于人们对它的看法。

同事的儿子从小学接触编程，南京某普通高校本科毕业。同事送他出国考研读博，第一年花了三四十万，第二年被学校教授看中（做助教），此后再没花家里一分钱。国外考研谈了女朋友，国内北方一线城市独女，母亲体制内，父亲体制外，家境优渥。两个人恋爱AA制，他买电影票，她买饮料爆米花，出去旅游，房费一人一半。女孩父母对男孩子相当满意，撂下话：不用买房，不用聘礼。精英的故事听起来那么闪耀，我却不会生出一点妒忌。

“有出息的孩子是来讨债的，没出息的孩子是来报恩的。”曾经有个老先生惊悉我有两个儿子后送我这句话。

生日

沙子娘舅坐城乡中巴车从游埠到城西郊来看亲妹妹，车站到家门口有一两里路，他背着蛇皮袋，里面装了南瓜、番薯叶、大白菜，对77 岁腿脚不利索的沙子娘舅来说，不是一件容易的事。他一进门就塞给我母亲 500 元，说是给外甥孙的升学利是。

长辈们上了年纪，衰老就会显现出来。“越老越不值钱”，母亲常常把这句话挂嘴边。沙子娘舅没有退休金，说起来两个儿子都是老板，长子从事黍作生意，次子搞装修。用新潮的话来说他也是“月光族”，这 500 元不知他存了多久。母亲简单烧几个家常菜款待她的大哥，兄妹俩围着八仙桌坐，没有主客之分。据说父亲和母亲年轻时吵得不可开交，甚至闹到要离婚的地步，沙子娘舅光着膀子出面平息的。母亲比沙子娘舅小 5 岁，下面还有两个小娘舅，一个叫球球娘舅，一个叫懒汉娘舅。我不知道名字的来历，除了当面不叫，背后就是这样称呼三个娘舅的。家乡有许多亲情，源源不断地供养着，割不断，我的孩子们甚至与他们当中的一些都没见过面。

大阿姨七十大寿，远在北京的儿子一家赶不回来，给她打了5000 元。她没有听从儿子的建议去大饭店订包厢，而是在太平祝乡下自家的洋房里设宴摆酒席，请了兄弟姐妹，七大姑八大姨，没有外人。自己买菜也不请厨子，直接叫侄子夫妻俩帮忙，硬菜摆满三桌，比大酒店还实在。生日蛋糕花了400多元，扣除酒水，最后预算还余一半。

大伙儿都准备了红包，阿姨一个都不收："你们来参加我的生日宴会，一起为我庆生，我要感谢大家的光临。这是一个美好的日子！"

今年母亲的生日静悄悄，我和大姐身在异地无法成行，老家二姐的陪伴从未缺席。以母亲的脾气，人家有的她也要有，别人怎么说，她听见了就要心思萌动，八匹马也拉不回来。她常说："活着的时候怎么开心怎么来，闭了眼睛吹吹打打做给人家看的，躺着的人一点也享受不到。"

外孙

蒋老师将于次年 11 月退休，他经常在我面前抖落人生感悟。

“年轻人犯错误，抬抬手就过了，他的性子从此裂变。如果上纲上线，很可能毁了他的前程，那是无法翻身的。每个人都是历史的灰烬。身份决定一个人的命运。”

“年纪大了，喝了水就想尿，一点也存不住。”

写了一辈子材料，现在开始写字的时候手会抖，慢慢才能握住笔。他常年吃降血压的药，一阵阵咳得厉害。楼对面就是露天大工地，桌上沙发上积着薄薄的粉尘，又有多少被吸进了肺里。

朱老师摸着蒋老师小外孙的脸：“你来拍外公马屁了。外公加工资了，将来都是你的。”

朱老师家里同样也有个外孙。

马路上一丛白色花簇在我前方飞奔，我猛踩油门超过它，才发现是电瓶车后座装了六个花篮。这个阴郁的早晨，地上湿漉漉的，各种命运交织在一起。它是否在给我某种暗示。我却不能精准接收到它的真实用意，我的肤浅辜负了它的好意。

只有看过世间繁华，两个灵魂才能相遇相知。

相亲

第一个相亲对象，某幼儿园老师，家境普通，言谈举止待人接物无可挑剔。见过两次面，就是大众脸，着实有些普通，丢在人群里就会被淹没的那种。

他没有心动的感觉。想想自己才 27 岁，不用那么着急，后面会遇到更好的。

第二个相亲对象，某学校骨干老师。相亲的时候 1∶3，他一个人对付女方、女方母亲、女方单位的领导，可谓兴师动众。女孩子面容姣好，这次对上了眼。女孩母亲三番两次的“拷问”让他手心发汗：“工资多少钱一个月啊？”“一万多吧。”显然不满意。

“这个来去大了，一万一，一万九，可是差了大几千的。”

“一万七八吧。”

女孩母亲露出浅浅的笑意。

“你会做饭吗？”

“我家都是妈妈掌勺，平时工作忙，也没时间学。”

“我家也不会烧菜做饭的。那也没关系，到时我过来多帮帮忙了。”爱女心切，两个人有感觉合得来就好，家长的意见是其次的。

接触了几次，女孩子对他的微信头像刨根问底，一口咬定是情侣头像。而他并没有想那么多，觉得有意思就拿来用了。女孩子上一次恋爱终止就是因为前男友跟别的女孩子暧昧，线索就是情侣头像。这次警惕性高，他受不了，这还没谈婚论嫁呢，以后在一起捕风捉影的，怎么受得了？他敬而远之，不再理她，渐渐失了音信。

第三个相亲对象，某大学老师，可以说是大美女，一眼就心动。问他什么时候能结婚。他说："这个要双方慢慢接触，一年以上可以谈婚论嫁吧。我才 27 岁，不着急的。"

女孩子也是 27 岁，她不想等太久，最好闪婚。而他的事业才起步，所以这次他打了退堂鼓。

只有看过世间繁华，两个灵魂才能相遇相知。

悲伤

我听到一个悲伤的故事。

陶姐的二阿姨，前夫是常州人，浓眉大眼，阳光帅气，两人婚后育有一女。发家后在上海全款买了两套房，小套90平方米，写着妻子和女儿的名字。另一套130平方米，写着丈夫和女儿的名字。后来丈夫生意出现状况，提议卖掉小套周转，妻子始终不肯签字。这成了婚姻亮红灯的导火索。丈夫为资金焦头烂额，经常夜不归宿，两人之间沟通越来越少，昔日的浪漫和爱意逐渐消磨殆尽。两人最终协议离婚，其中有一条：双方倘若再婚，彼此都不能再要孩子。

女儿是“海龟”，在上海某集团任中层，月薪三万，有过一段失恋经历，不肯再处对象。离婚后前妻一个人住无锡老房子里，她从来不开灯，也不出去应酬，活在闭塞的世界。前夫熬过困境迎来事业的春天，爱情也悄悄来到他的身边。现在的娇妻年轻貌美，婚后一年怀孕。女儿和前妻拿着两人签的离婚协议纠缠，最后三方不欢而散。娇妻打完胎即收拾家当弃他而去，前夫又变成孤家寡人。

女儿和父亲一直生活在上海。那晚他在客厅看电视，上门揽件的快递员按了门铃。他像往常一样走到女儿房外敲了两下门，没有应答，喊了声“囡囡”还是没反应，他推门进去没看到人影。女儿明明在家的，他去阳台找，眼前可怕一幕让他双腿发软：女儿穿着睡衣悬在半空，脖子上吊着丝袜。他六神无主地瘫倒在地，回过神大喊女儿的名字，在快递小哥的帮忙下将女儿放平，人已经陷入昏迷，身体还有一些温度，父亲双手颤抖着不听使唤，小哥帮忙拨打120。医生拼尽全力抢救，最终回天无力。

单位的同事非常诧异，她当天把工作做好，递交了请假条，没有一丝异样。亲朋好友难以接受这个事实，好端端的一个人，怎么就想不开了。

其实多年来，抑郁像荒草一样在她身体里野蛮滋长。

出于人道，单位补偿了一笔钱，父亲想在上海给女儿物色一个墓地。母亲执意要将女儿的骨灰葬在祖坟，最好和她一个“生圹”，她百年之后要和女儿埋在一起。后来双方妥协，在武进选了块风水宝地。

女儿走了，矛盾却还在，并不会因为关系的断裂而消散。女儿的骨灰运回常州，请了很多道士作法。说起那天的场面，陶姐唏嘘不已。父亲在抖音上发布有关女儿的回忆和生活片段，那种失去挚爱的痛无法用言语表达。父亲去了女儿去过的每一个地方，他穿着黑色长衫，戴着墨镜，披着白色围巾，撑着一把伞，深情地说：“宝贝女儿，爸爸伞下的位置永远为你留着。”刷到视频的观众无不感动得稀里哗啦。

他们住高楼，过高品质生活，财务自由，与普通人仿佛在两个维度。可是时间，生命，这些都没有后门。

第二部分

人间万花筒

这个世界不完美，但也没有想象中那么坏。

秋天来到我的窗前，它走了很远的路，终于见着了六百年一遇的月偏食。而冬天，一抬头它就到了。窗外的夜寂静又漫长。冬季刻在心里只有两个字，“冷”和“硬”，仿佛是铁了心的负心汉。但它一直是我心目中最有童话感的季节。一望无垠的皑皑世界，雪地里一条移动的红丝巾由远及近，像是一团燃烧的火，那是你曾经送给我的礼物啊。

明亮、蓬勃、灵动，美得挪不开眼。“陌上花开，可缓缓归矣。”无数人与你擦肩而过，而人群中一定有一个人默默地爱着你。“世界先爱了我，我不能不爱它。”记忆像是透明的漏斗，过滤了时光，那些美好的细节如同夜空中绚烂的烟火。一切被照亮，我的世界你来过，我们深深相爱过。流星划过天边，我许下的诺言，哪怕用一生的时间也要将它实现。有我在，你别怕。

这个世界不完美，但也没有想象中那么坏，高尚与卑鄙，美丽与丑陋，真相与谎言，纯粹与污秽，它们可以并存，但我们要将它们分开。宽容、平静的心态，能让我们看到更多更深远的东西。“深陷泥沼，仰望星空。”即使在逆境中，我们也要保持一颗热爱生活的心。就算人生苦，也要给它加一点糖，寻找人生趣味做更有意义的事情。就像现实生活中，万家灯火里总有一盏灯独为你亮着。善良一定是双向奔赴的。只要永不放弃，人生总有好事降临你左右。

五里湖边，夜空中的星星和我一样沉默不语，它和别的星星不同。当你抬头仰望浩瀚的星空，会不会感觉到一丝清冷。人世界重要的东西肉眼往往看不见，必须用心灵去感受。那么多的城市，为何偏偏是无锡，因为你在而不同。快乐和痛苦不是一对反义词，因为我们总是痛并快乐着。终其一生，我们要把我们的责任、幸福放在某个人、某群人身上。也许等待很漫长，但它从不辜负。

基层派出所与百姓面对面打交道最多，每天的人间百态犹如万花筒般上演。

车主报案，说在自己的车厢底座发现了 GPS；双方签了安装铝合金门窗的合同，客户付了全款，进程过半突然联系不上对方，成了烂尾工程；大学生通过中介进厂做暑假工，干了两个月，财务只发了一个月薪水，工厂以考勤未满为托词，警方介入后答应等月初复核出勤后补足差额；办事大厅里，男子耷拉着头身体摊在不锈钢靠椅上一动不动，突然仰天叹了口气，民警走过来，从腰间摸出一副铠亮的手铐，男子主动伸出双手……

某失主报案丢了两枚戒指，价值六七十万。图侦、刑事到现场拍照取证，调监控，外围调查。失主十分笃定戒指放在家里的某个地方，因为出差比较急，没有放进保险箱。家里请的钟点工成为重点怀疑对象，其坚称不知情。过两天，失主打电话过来，说是在洗衣机的网袋里找到了那两枚贵重的戒指。这一阵白忙，还差点冤枉了一个好人。撤案呗。令人哭笑不得。

太太在药房上班，店里轮休，没有节假日的概念。比如今天，假期最后一天，总该留下点痕迹吧，那就去蠡湖中央公园吧。金城西路那一段刚好修路，与湖滨饭店同一个左转弯，然后往里探到底。蠡湖水浅草绿，远处一条大白鱼跃出水面，溅起片片水花，扑通一声消失在湖面。租了两辆黄鸭电动船，学着范蠡西施荡漾其间。摩天轮逆时针旋转，从湖面的角度拍摩天轮，它显得有些孤单。时间在湖面也变得轻缓，我猛吸几口天然水氧，难怪鱼儿们也要探出头来。孩子用红色水枪对准大黄鸭射击，打中了它殷勤献唱，还要往天空“吐口水”。这时候彩虹出现了，真有些意外。轮到我，我想看彩虹，手中的水枪却一点也不配合，大黄鸭扭过头，一点也不给面子。十点钟的太阳要躲着它才好。人流渐渐从入口涌进来。过山车、海盗船、碰碰车、旋转木马，渐渐排起长队。也只有节日里，才有这幅众生寻乐图。

在家里的阳台上，可以望见摩天轮，尤其在晚上特别抢眼。它向天空发散绿光，像人间不灭的霓虹。它那巨大的白色手臂擎住骨架，支撑着火柴盒般的座舱，又像是五颜六色的房子。在最高点，看着每天生活的城市，想着稀松平凡的日常，它为你倾倒，也在默默守护者我们。

练习告别

上声乐基础训练课简直是灵魂与灵魂触碰开窍的盛典。“a……e……i……o……u……”，“嘶……嘶……嘶”，音律从肚脐眼发出来，而不是我深以为然的喉咙。学员视线离开谱子，紧盯声乐老师在空中飞舞的指挥棒。

练歌房墙上那一面大镜子里站满了人，我只露半张脸。他们脸上泛着光，而我的脸上写着惶恐。再凝重一点，五官挤压在一起，像是一颗老核桃。感情用完了，歌词就会显得枯燥、空洞。

连续两个小时的训练课，声乐老师说合唱有三重境界：技巧，呼吸和共振。一堆东西打乱，只要磁场相同，它们也会乖乖地聚集。这就是暗物质，量子力学。前辈作家用量子力学解构文学，老师用它定义合唱。

上半场声乐练习，排练《远方的朋友》《蠡湖情歌》。下半场是华老师的告别仪式，他 71 岁了，托起整个低声部，见证合唱团从成立到壮大。他在台上感慨万千，自己将合唱当作一份热爱，他对合唱团的最大感受是“年轻”，这意味着有活力、有潜力。加入合唱团，我们选择了一种新的生活方式。

大多数人改变不了世界，又难以抵挡它对我们的改造。尽力争取那份洒脱和自由，唱歌是其中之一，我们从不否定自己的真诚和探究完美世界的决心。

报纸无论怎么存放，它们都诚恳如斯。端详着，看不完先放着；或者想看的时候再翻，报纸还有很多额外的用途，包东西，练习毛笔字，实在碍眼可以拿去卖，现在行情也要七八毛一斤吧。它的价值可以利用到消亡为止。家里有识字的长辈，报纸也是很好的消遣读物。

我对报纸有很深的旧情。父亲生前每天早上一张报纸一杯绞股蓝茶，他在单位养成的习惯一直延续到退休。小区给每家住户配备不锈钢铁皮信箱，立在一楼的公共区域。它紧靠着墙，周身黯淡无光，边框甚至生了锈。搬来小区三四年了，开始的时候用它存放牛奶，后来牛奶直接配送上门，便忽视了信箱的存在。现在，它又被我想起来了。我找到那把塑料把柄的小钥匙，对着锁孔轻轻一转，一层灰不怀好意地扬到我脸上。

里面可不是空空如也，竟然有大大小小十几个信封。摸上去有点毛糙，面子上已经沾染了灰。最下面是 2019 年几家图书馆寄来的封面收藏证，接着是 2020 年的一期摄影杂志，银行的对账单，还有商标注册到期续展的通知函。时间跨度竟然达到三年之久。我猛然一惊，这个方方正正的不锈钢信箱原来是个时光机，盛满了时间和回忆。如果不是给《江南晚报》腾空，我已经遗忘了它，而它从来不给我一些提示。我一一剪开信封，不忘把邮票抠下来放好。

我找了块抹布，打湿，给信箱来个保洁。灰尘怎么进去的啊，只要留一点点缝隙，它们就会赖着不走。我才是真正的主人啊。底面，顶面，左侧，右侧，我打开手机电筒，抹布扫过不留一个死角，我要给《江南晚报》一个舒适的“家”。而未来的日子就蕴藏在这个信箱里，我要给它让路，让每一个日子都闪闪发光，带着书墨香，浸染往后的日日夜夜。

我的那个信箱现在是整栋楼最亮的，邮递员一眼就能认出来。

音乐人生

尼采说："如果没有音乐，生活就是一个错误。"

当交响乐奏响的时候，我们心里升腾起一股生而为人的尊严，丑陋和屈辱不复存在，生命的深度和广度就此无限拓展。

一个人的时候，戴上耳机，世界安静下来。你耳膜内连通的世界沸腾成一片蓝海。放下世俗的一切，勇敢地与世界坦诚相待。你的心如同刀尖上的锋芒，敏锐发光。纯粹的人，他应该是一个真正的创造者，捍卫者。不受任何羁绊束缚，音乐就是他手里那把征服世界的刀。它是生命极有意义的一个礼物。浪漫主义、古典主义、巴洛克，旋律响起的时候，你内心的翅膀翩翩起舞。那些眼泪、鲜血、勇敢和坚定糅合在一起的意志，成为我们打败庸碌、与罪恶较量的武器。

坐在大剧院的剧场里，你重新认识自己。舞台与你近在咫尺，内心深处的澎湃激情点着了。在一个个剧情辗转的咏叹调里，你的眼泪开始哭泣，放开那道闸门，就像五里湖、太湖要奔向大海。那些欲哭无泪，那些强颜欢笑，全部踩在脚底下，用掌声击碎它们。人生有那么多无法重来的时刻，舞台之上，迷茫、斗争、坚定、牺牲、荣光、背叛，在起伏的旋律里撕扯。死亡并不是一件十分遥远的事情，它与生命形影相随，随时随刻都在发生。

贝多芬 A 大调第七交响曲，激昂的音符敲打心房，挺立、奔放，

音乐是一种陪伴。它给我们滋养和抚慰，赐予我们力量，与信仰等同。

忧愁里藏着欢喜，所有能量汇集到一个顶峰，然后坠落，爆发，那种难以名状的穿透力，击碎世间的一切。在音乐面前等级与偏见都不存在，它在我们的情绪之海里驱波逐浪。我们又都是热爱生活的人，音乐在任何场景都让我们受用。开车的时候，喝茶的时候，失眠的时候，在奥运会领奖台上宣誓的时候，思念一个人的时候，两个人烛光晚餐的时候，和逝者告别的时候……我们更多时候要面对一片片寂静。此时无声胜有声。我愿意用寂寥的背影陪着你们，陪着月落陪着日出，这是我人生最历久弥坚的时光。

音乐是一种陪伴。它给我们滋养和抚慰，赐予我们力量，与信仰等同。很多时候，它不易察觉，只有相同经历的人才能深刻体会。音乐拨开层层乌云，在人与人之间流动，令我们产生共鸣，它又像一副良药，治愈我们的心灵。曲终，所有人起立鼓掌。它是我们此生得到的最好犒赏！

春雪

窗前的多肉们沐浴着立春的第一缕阳光，和煦的东风捎来万物复苏的消息。天空酷似景泰蓝般清澈，一只纸鸢在天空张牙舞爪，原来是一只飞翔的老虎。

“春到人间草木知。”运河边的杨柳开出了新绿，柳枝挂在河面上；河水涨绿，载着春风一路向东流。院子里一下子活跃起来。松树换了新装，显得格外青翠，爬山虎编织出一面绿色的墙。院子里的大白猫蜷缩在墙头上，滚圆的身子陷在墙缝里。院子里的人儿马不停蹄地忙碌着，他们来不及看风景，他们要守护通往春天的每个路口。梅园的蜡梅，蠡园的桃花，鼋头渚的早樱，春意萌动地吐露着生生之意。公园游人如织，游客仿佛漫步在诗情画意中。一年之计在于春。春播一粒种，秋收万担粮。我们终将送走寒冬，迎来春暖花开。

“我的城市下雪了！”乍暖还寒之间，无锡银装素裹，这是春雪啊！世界变得纯粹，一幅中国画的韵味，隔着车窗都美。雪落成诗，五里湖停止了荡漾，南长街盖上一层白色的浪漫。枯山瘦水，风花雪月惊艳了时光。这突如其来的雪啊，仿佛是一道命令，天地苍茫间奔腾一抹抹藏蓝色。岁月静好和现世安稳听起来那般美好，做起来并不容易。那么多默默无闻者要拼尽全力将它在现实里构筑。

浪里白条

据说太湖里有一种鱼，有三四十斤重，会把网撕烂。船家将此鱼宴请宾客，足见你在他心目中的分量。很多人吃过牛蛙，却少有人听过它的叫声，短促，像极了牛的叫声，吓人的。在它的食物链中，应该是顶端了。它什么都吃，青蛙、小蛇、小鱼，身体也聚集了一些毒素。食客对它流口水了，危险偷偷盯上那些嘴。现在火锅店里的牛蛙都是人工养殖，那些健美操运动员的大腿容易让我联想到牛蛙。

太阳西下，霞光直插五里湖，炸开一个口子，眼睛无法直视。假期里可以做很多事情，又不可以做一些事情。

妻子学会了给自己买礼物，她面试新工作时谈吐自如，轻松表达自己的立场。曾经的她害怕在人前说话，完全把自己包裹着。现在，世界就在她的面前，触手可及。

读你

缠满记忆的山坳盘踞着一座老房子，它依靠在池塘边，深重的木门已织上蛛网，雕花的门窗爬满裂纹。阁楼依旧在，中堂屋顶的天井伸向天空，不小心捅破了老天的喉咙，露出方正的蔚蓝底色。一只鸟儿飞来老屋前面，没找到落脚点，一个腾跃径直飞到近身大樟树的绿叶中去了。一颗颗香樟籽像子弹一样从枝丫往池塘里撞击，我听见咚咚咚的声响。

那一块天地为我独有。我才不去挤得像沙丁鱼罐头的游泳池，也不去一年四季恒温的全封闭的房间，我要逃离喧嚣，去大自然撒野。奶奶的芭蕉扇，摇走多少闷热难挨的夏日；竹席上的汗渍，记录了一个个有关竹林的清梦。冬日席子下面垫上一层厚厚的稻草，散发的缕缕稻香陪我入眠，原本就是稻草人的身体。阳光透过茂密的枝叶，在地上画出无数金色的光斑。寒往暑来，终成四季。

我轻轻推开房间的门，案几上躺着一本书，阳光洒在封面上，吸引我将它捧在手心。我用目光轻轻擦拭沾染的岁月风尘，它突然醒了，在今后很长一段时间里我们彼此为伴，它让我的生命更充盈更完整。

现实世界，我们习惯预设为主，以为看到的都是事实。

咖啡在她的搅拌下，生出一个黑色旋涡，仿佛她深褐色的眼睛，藏着暧昧和警觉，仿佛要把我吸进去。她下意识地将头发别到耳鬓，指甲不小心割断了口罩的皮筋。来不及遮挡，裸着的脸蛋，五百年前在哪里见过。饱满的烈唇，好似花蕾沾着晨间的露珠。

我还在她的名字里看到一望无际的稻田，那些风在麦浪里追逐，留下丰收的影子。天空流淌无忧无虑的蓝色。现在我越来越分不清什么月份是秋天，什么月份又是冬天。只知道温柔的季风穿过了我，而我也刚好穿过了它。那种不确定的萧瑟令我恍惚。仿佛，我在别人的梦里。回忆是天上飘来飘去的云朵，一场雨就回到了大地。你问人与人之间会不会有戒备森严的界线？我们小心翼翼地怕触碰到对方。夜幕抵触仰望天际，星星就像失去的时光，依然闪烁。她口罩遮脸，但笑容还是那么笃定。

就像火热的太阳一样，燃烧了生命所有的能量，留下了，得到了，为了心中的那团火，我们要再做些什么，献上些什么。每个当下包含了我们念念不忘的过去和无可预知的未来，深深地吸引着我们，并把我们带到远方。

彩虹

汽车堵在高架上，不经意间看向前方高空，一道彩虹划过天际。这样的画面好久不见了，想要用手机把小确幸捕捉，一转眼它消失得无影无踪。关于彩虹的童话小时候听到过许多也读到过许多，它像一座七色拱桥挂在天上，人们可以踩着它去往天宫。长大以后才明白，原来那只是一种光学现象，但每次看到彩虹，心里仍然有股莫名的兴奋，仿佛买彩票中了奖。

彩虹什么时候出现？梅雨季，夏天，秋天，雨后天晴的时候，它存在的时间也就须臾。看到了，我们却无法真正拥有它，即使如愿拍下来，它也只不过是一种幻境。横跨天际的彩虹，仿佛一伸手就可以触摸到。我愿意停下手中的一切，静静地注视着天边，浸润片刻的美丽。望天空云卷云舒，去留无意。风里雨里的风景也是风景，模糊之下也能寻得出路，因为想象之中还有另一个世界。喜欢比较善变，一转眼就跑掉了；而爱里藏着包容和恒久。雨刮器疯狂地掸去扑面而来的雨滴，汽车带我去有风景的地方。生命里有很多我们担心的事情，还有那些似乎并不重要的闪念：下一餐吃什么？明天去哪里？操着不同口音，谈论着对幸福的理解，然后呈现一种南辕北辙的喜剧感。

处理伤痛的方式有很多，我们待着不动，只是抬头望望彩虹，心情也会好过一些。因为它来到我们心里，给我们送来美好、信心、希望、宽容，告诉我们内心的美才经久不衰。

匆匆一生，有太多繁杂的事情需要我们去面对。小时候有人顶着那片天，尽可以哭闹；长大以后，忍就一个字。深呼吸，把一切放回原点，重新再来。如果自由有形状，如果幸福有颜色，我希望和彩虹一样绚烂。人生无处不缺憾，它们让生活显示出残酷的真相。不奢望拥有太多，不奢求占有喜爱的一切东西，那里面包含堕落和苦痛，我也承受不起。

人生过尽千帆，也无风雨也无晴。

如果幸福有颜色，我希望和彩虹一样绚烂。

剪马兰头

这个清明，扫墓踏青改为线上祭奠，倒也是一种新意。

太太起了意，兴冲冲地带了把剪刀和一个塑料袋要去蠡湖边剪马兰头。

假期第二天，那些有院子有门的公园尚未开放，露天的公园成为市民踏青“抢地盘”的首选。蠡湖边人们各种怡然自得。有人在湖边摸螺蛳，有人捉鱼捉虾，有人在草坪上搭帐篷、烧烤野炊，展现对大自然天生的依恋，蠡湖抵挡不住人们的热情。

湖边的别墅近水楼台，人家一大片院子，凉亭，小径，假山，景观河，范蠡西施不过如此。到了汛期，湖水漫进，这些别墅又成了孤岛。家里要多备几条船。

也许人家先下手为强，蠡湖边的马兰头已成为盘中餐。只有去更远的山野。乡下的生活令人向往，其实那里很多的地方已经或正在成为高楼大厦的地基。马兰头家族不停撤退，大棚给了它们一线生机。

假日可以懒惰，早晨 7 点钟的马路，稀稀拉拉，没有公交车，没有出租车，地铁也不开。在红星路上的人行路口，我刹住车，一个戴黄色安全帽的中年男子冲我敬了个礼。我们都是生活路上的奔波客。

“智者考虑的是全盘，着眼的是最大公约数。”照此，就能够理解大多数现象。

无锡

2003年我们从上海举家搬来无锡，租住在长江北路叙丰村徐巷。赶上无锡旧城改造和城市开发的东风，健康路上的长发商场，中山路上的新世界百货，胜利门新交电，成了我日常出没的地盘。中山路上的商业大厦、八佰伴，那是我世界里关于无锡的最深刻记忆。她比老家兰溪好很多，比上海又差一大截。新区那么多的外企，35路，41路，19路，65路，66路，那时的宏源技校（飞马纺器）站，早高峰每辆公交车都塞得满满的，而如今电动车已然成为市民首选代步工具。太湖大道，欧尚超市，戒毒所，路边一排排贴着马赛克砖的商品楼，八九十年代的老房，渐渐在记忆里模糊了。

如果说2002年到2012年是无锡的“黄金年代”，那么2012年到今年或者更远的将来，无锡进入了“钻石年代”。新时代的春风吹遍华夏大地，城市的进步与发展，离不开改变的力量，离不开置身于城市中的每个人的努力。一个家庭的成长史、奋斗史，也是一座城市发展变迁的缩影。

2012年夏天，为了孩子的教育，我们从“制造业高低”新区搬到无锡城区“南大门”的南长区。不到一千米的曹张路美食起码一个月不重样。清扬路上的家乐福、茂业百货、国金中心、图书馆、博物馆、太湖广场，满足了我们对美好生活的所有向往。2014年7月1日，无锡地铁一号线开通，我在太湖广场站记录下这美好的时刻。同年底，二号线通车，无锡完成东南西北大串联。后来我们搬到了经开区，与五里湖为伴。2000 多年前范蠡西施泛舟蠡湖留下千古佳话，他们一定想不到未来无锡的CBD(中央商务区)就在他们生活过的鱼米之乡。

无锡这座城市，绿色是她最显的底色。她拥有天然禀赋，山为骨，水为脉。一年四季闻得到花香，春天从梅园开始，三月赏鼋头渚的樱花，四月蠡园的桃花，五月锡惠公园的杜鹃花，六月雪浪山的薰衣草，七月菖蒲，八月睡莲，九月桂花，十月菊花，十一月、十二月芦花。除了花香，还有书香，深厚的人文底蕴。薛福成故居，阿炳故居，徐霞客故居，秦邦宪故居，钱锺书故居，张闻天故居，他们分别在某一领域对中国历史产生过重要影响。

故乡是故事开始的地方。掬起的土，仍有故乡人的体温。一生的柔软安宁，皆在唤作无锡的江南城邑。“十年弹指一挥间，春花秋月岂等闲？”她是一座有灵魂的城市，诗意栖居地。无锡的未来诚然可期。我愿意在此落地生根，一头牵着太湖，一头连着惠山。

旅行

看风景，品美食，领略当地风土人情，做生活的旁观者，享受旅途中的种种乐趣，镌刻与家人共处的时光。此外古人还有一句话：读万卷书，行万里路。我们从书里走出来，在一山一水、一草一木里让心灵如同被圣洁的光芒照耀，心境得到升华。“纸上得来终觉浅，绝知此事要躬行。”读书明智，实践出真知，旅行将两者合二为一。

我们在生活的起伏中战斗，经受住各种各样的身心考验。熬过艰难时光，我们一定会迎来春暖花开。

如果说诗歌具有抚慰人心的软力量，那么旅行治愈人心。原本那些美丽的疆域在影像或者书里，合上书本前方有更好的时光在走，而我们就要抵达它。每个忙碌的日常，我们的脚步就像是精准的表针，似乎每一秒就可以到达未来。抛开暂时的俗事，让浮世的喧哗沉淀下来。

尝遍生活的艰辛，那种逼蹙和倦怠甚至失望，只有排空了，才能获得彻底的安全和信托。远方总有一片原野为你留着，每个人都应该找到它。最终所有的出发都是为了回家，它不是一种冲动。生活没有十全十美，它被分成不相关的碎片。你在大剧院鉴赏《只此青绿》，我在月光下听夏虫吟诵。人潮汹涌，车马无鞍，实用主义大行其道。

生活快到不真实，也甜到令人忧伤。没有空闲时间，无休止的加班，计划跟不上变化，“我在人间蒸发掉算了！”对不起，当然不可以。世界那么大，天气那么好，出去看看世界本来的样子吧！邂逅一场美丽，享受世界上最美好的东西，哪怕只是排遣厌倦和疲惫，旅行之后也会让我们更加热爱生活。

你好，树先生

院子里有一棵大松树，笔直挺拔，在运河东路上就能望见，特别醒目。每天踏入单位，松树总是欢喜雀跃地迎接我。它从一种不可思议的高度俯瞰着我的脚步，尽管我走过的山河里有它未曾谋面的同类，更挺拔的，或者更弱小的。微风吹拂，见到我，树叶摇曳身姿，其实那是它在迎接风。花坛里一簇簇清雅脱俗的绣球花竞相开放，密密麻麻的，仿佛流动的彩云，低调而娇媚。

这棵树在我来这里之前已经扎根这里，我们对视了三年，也彼此问候了三年。有时它跟我打招呼，打招呼的方式至少有三种：摇曳枝身仿佛点头致意；一本正经，像个卫士矗立不动；间或王者气派，使唤鸟儿的啼鸣，又招惹那只小白猫攻击飞鸟。我和它之间存在某种感应。它展开臂弯，仿佛想要拥抱我，或是故意做出呼吸的小动作。这让人欣喜，仿佛全世界唯独我和它心有灵犀。当然，它不仅和我打招呼，也和鸟儿打招呼，也和风与阳光与蓝天打招呼。它具有强大的生命力，像独立天地间一个活生生的人，会对周遭一切有所感知，会和万物交流沟通。从它身上，映照强者的品质——坚韧、顽强、进取、无私。风穿过它的身体，树叶沙沙作响。人类听不懂、看不懂树的语言，而它仿佛是个智者，明白世间的一切。我站在它的跟前，闭上眼，屏住气息，仔细聆听，仔细感受，方能领悟其意。而此刻它也得到了我的呼唤，源源不断地给我讯息。

想来也真是不可思议，自然界的花草、灌木丛抑或一棵树，与我们同在这个星球上共生共荣，像是亲人一样。这世上人与人、人与动物，甚至人与草木之间交流，完全可以超越语言的阻碍，直抵人心。家中养了宠物的人们更能明白这一点，在一起久了，彼此影响，它知道你要做什么，你是它的整个世界，并且给予无尽的依赖。我们没有进化出能够完全了解彼此的语言系统，以致我们至今仍无法充分了解彼此。但想来那一天一定会来到。

院子里曾经有一只白猫，一点也不怕生，它能感觉到人的善意，靠近她，她就趴在你的脚踝前，往你身上蹭，在地上打滚，这很容易理解。一棵树对大地的深情，在其他物种之间也存在，只是表达的路径不同。从案牍劳行中挣脱一小会儿的工夫，与花草凝视，看树影晃动；或者任一只猫睡在身旁，也是一种极好的闲情雅致。与蓝天白云打招呼，与湖水露珠打招呼，在风起时张开双臂迎接，它穿越你的身体，在下雨时用手接住雨水，它从你指间滑落带走你的体温。只要心存意愿，自然与人总有恰当的交流方式。

人与人之间直接多了。“我感受到你的存在”“请你不要离开我”“我依然爱你”，我们彼此有着千丝万缕的关联，在相互的凝视中，彼此并非孤立的个体。智者云：“古人坐看云起，或是披发入山，或是东篱采菊，想来应该都是在以一份怀抱天地万物的世界观，天天学习如何与众生打招呼……就为了体会人与天地万物之间的联系，就为了感悟人在天地之间的立足点。”

每一个早晨，我与树先生照面，温柔又亲近，像是老朋友那般默契。虽然它不会说话，却是我忠实的听众。

鸟语

一只鸽子停在窗前，我迫不及待想跟它交流，吹口哨，嘴里学咕噜咕噜叫，却把它吓跑了。没有相通的语言，不在一个频道，所以走不进它的世界。

每次去运河东路边的停车场，那五条流浪狗就靠过来，特别是那只灰色的土狗，摇着尾巴，兴颠颠地跑到我跟前，看着我。小旺旺，可是我什么也没有准备啊。在这个院子里，它们是安全的，出了门谁也不能保证。

故事光明的那一面闪闪发光，那些不为人知自己担着，烂在肚子里。用约定俗成的口吻说话，这对创作本身无益，但是增加了阅历，也许将来能用上。

没有相通的语言，不在一个频道，所以走不进它的世界。

白天懂夜的黑

酒店左转，剧院右转。钢琴前奏响起，记忆如洋葱般一层层剥开，那时有多厌倦如今就有多热忱。唱歌也是情绪的极致舒展，每个人的内心有一片海，当汹涌的波涛来袭，日出月落人世沉浮却包容在海的怀抱。

落地窗正对着蠡湖。休息室里那个打鼾的老兄，赶跑房间里的寂静，伙计们会心地淡然一笑。他的肚子撑起一条大船，鼾声往上冲向云霄，然后停顿几秒，又往下坠落，或许用“俯冲”更贴切。白天熟悉夜的黑，真为他捏把汗，那一口气一直在空中盘旋，我觉得自己都快要无法呼吸了。化妆台下一长排黑色皮鞋屏住气，他太累了，让他多睡一会儿。

方向

如果努力的方向错了，那不如待在原地，否则使劲拽它回来的成本也不低。

上帝已经死了，但美好一直存在。

我的脑子里活了那么多人：他们的面容，命运变化，爱恨情仇，极大滋养我的思想，决定了我的思考方向。社会、文学、人性，让我的内心获得了某种更加厚重的东西，它为我提供持续的动力。乡村在我的视野里，真实的生活越走越远。而一个作家的任务，就是提醒被遗忘了的存在。

我的故乡，包含了我的记忆，包含了我对坟墓中那些人过去的理解，对村庄过去的理解，从而达到一种更接近的客观。

乡村和城市之间纠缠在一起，我当如何理解这片土地？我不经意看到逃离村庄的年轻人和落叶归根的老人擦肩而过。

桃子的甜度

“我还能不能迷住你？”

“是个女人就能迷住我。”

噼里啪啦。

阳光有正反面，晾衣竿上的竹席深有体会。向阳那面的水彩画一点点褪去，肉眼再也看不见了。经年的体味和汗渍被风卷走，还给大自然，还给岁月。正午时分，阳光像无数把尖刀垂直落地，竹席子的正面和反面，一边臣服一边抵抗，直到日落西山，两面也难以和解，光亮的那一面会一直向上摆在席梦思上，粗糙的那面默默承受一切，主人背脊的热气煨贴整个夏天。空调足够的冷气带来丝丝凉意，人们总是创造更有利于自身生存、发展的环境条件。

江南的梅雨带有些含蓄，并未见潇潇洒洒的雨滴。潮湿闷热被挡在空调房外，后半夜要找被头盖。温度下降，身体的新陈代谢也变得缓慢。一觉醒来，整个人依然不能完全振作。墙角蜂窝式落地扇摇过许多个夏天，从老房子到新房子，养成见风使舵的秉性，能吹能舔，嘎吱嘎吱，没有自己的思想。要么旋转，要么沉默，而我听着风扇声才能睡着。空调使我缺乏安全感，我夏夜的失眠与它脱不了干系。

风扇对着墙吹，然后弹回来一些清风，墙受用我也受用。这让我想起一个叫沈生的朋友，虽然不常见，但碰了面总能从他牙齿缝里挖出三两句金句："日常工作讲究务实求真，结果也有运气的成分。""当荣誉来的时候，谁都会发光。""同一棵桃树上的桃子甜度也是有区别的。"这句除外，它出自阳山桃农之口。

夏天

2022年的夏天，连空气都像电烙铁，滋滋冒着白气。

百年一遇的三伏天，40℃朝上的气温，文人骚客一万种不可“妥协”。在这样的烈日里，“心静自然凉”经受考验，空调坐上救世主宝座。我想象着自己从大桶冰块里钻出来，左手捧着冰镇西瓜，右手擎着冰激凌，挨过这波恶毒的热浪。出门必须全副武装，遮阳伞、防晒衣、墨镜、防晒霜，少一样都难以成行。这个夏天连蚊子也绝迹。

烈日似火，河风如刀。小风扇在办公桌上搅起一丝丝微风，你在嘲笑我呢。胳膊跟桌子黏糊糊打成一片。这个夏天，胃口出奇的小。一扇门的距离，坐着不动也汩汩冒汗。太阳炙烤着大地，钻进一辆晒了整整一个午后还没开空调的车子，简直就是现代版酷刑。阳光从静止的天空无情地扫射下来，路面和车身上晃动的阳光令人头晕目眩。大地一片炽热，万物似乎早已奄奄一息，快找个阳光疏忽的地方躲起来。

“不可能一直这么热的，这热终究会散去。”见过世面的人把这句话挂在嘴边，然后和他嘴里的烟草味一起蒸发掉。他说这句话的时候，心里并非真的那么想，而他的脸被热气逼得溢出油来。地狱般的厨房，不缺猛士。防得了油烟防不了炼狱煎烤，挥汗如雨大功告成，完全没了胃口。两个人的身体被汗水隔出一条河，都不愿凑到一起。等到自己彻底融化之后，冰凉可口变成热泪盈眶。

求佛

某友嫌最近运气不好，四处求助：“无锡和苏州附近有无比较灵验的寺庙和道观可用于算命、抽签算卦、祈福？环境清幽一点，私密一点，都想去拜拜。”立马有热心人回应：“那应该去道观而不是寺庙。惠山北坡上的白云洞，去求祈的人蛮多的。无锡肯定找灵山大佛吧。或者去舟山。”原来每个人心里都有一处圣地。

心里起了雾，要借助外力擦拭。为何舍近求远，破解秘籍不应该在自己内心吗？解铃还须系铃人。我不知你的苦，没有劝解的资格。你信了它，它就是解药。再远你也愿意跋山涉水。君不见，庙宇的烟火几时冷清了？那黑压压的人头上方烧着袅袅香火。

一个年轻人站出来说，他们不是在拜佛，只是在拜心中的欲望。

原来每个人心里都有一处圣地。

烟花易冷

从我家阳台望过去，大剧院在夜色里像匍匐向前划水的游泳健将，也像大白鲨张开嘴露出尖锐牙齿，想要吞噬一切。夜晚的五里湖像一片幽静的森林，蠡湖大桥橘黄灯光中，飞驰的影子来回窜动，摩天轮被无数双绿眼睛盯着。

晚上八点，鼋头渚的烟火如约而至，将持续三个晚上。泛舟蠡湖，火光冲天，声与色的爆裂。璀璨夺目，夜的入侵者。上天然后坠落，一场人造的流星雨。观者无愿可许，倒是在提醒自己，好不容易蹿上天，精彩的只有须臾，捧场的啸叫，陨落前的寂静无声，像雪片一样与湖水融为一体。它仿佛是人生的某种暗示。水火原本不容，结局早已写好。

看烟火，是挺落寞的一件事。火光熨照观者的脸，它记住了什么，又隐藏了什么。现场观者把烟火的记忆收集好，更多人以其他的方式看这场烟火。然后视频回放，燎原之火般到处传播。

整个人还没适应突兀的办公间，它有点像拥挤的杂货铺。老严调侃哪怕给个卫生间他也能接受。他请求我暂时把他当空气。他拿干毛巾擦拭电脑，完了打湿揩桌子，然后躬身拖地。我坐立不安，却又不知道该做些什么。

闲置的走廊最西边这间房，内墙面重新粉刷了一遍。门口的旧标牌已摘下。刚搬来头一天，我敏锐地嗅出房间里的胶水味，坐一会儿头就发晕。我去顶楼透气，狭窄的扶梯直通天台。两个不锈钢大水箱像是碉堡，地面铺了水银色的防水材料，水泥墩之间拉了几根晾衣绳。电梯链条转动的声响到了顶部时更加隆重。这个地方上来的人并不多。环顾四周，西面惠山、京杭大运河，北面无锡一中的红房子、大烟囱，东面高楼大厦的切面，南面火彩盒般的房子，尽收眼底。

那味道入侵我的大脑，撕裂我的记忆。我脑袋里仍是一团糊，戴着口罩，心里的防线几近崩溃。老严却已经习惯了。他还跟物业要了两盆绿萝。

某天斐哥到办公关室串门，见老严背靠着墙埋头苦干。“依个标将，风水好到则，背后有靠山！”

“你不懂，我这是背水一战！”老严似真似假地反驳道。

捉虫记

孩子的房间传来动静，我在黑暗中摸到放在床头的手机，此刻才凌晨四点钟。妻子起身去探个究竟，很快回来并踹了我一脚："死猪，快，去医院！"

人民医院的入口在清扬路，右拐往急诊并不通。退回来，凭着感觉找方向，其实就在西北角。咨询导医得到答复耳鼻喉科有医生值班。扫码迅速进入，白色的炽光灯给人一种踏实感，与面如土灰的白大褂迎面，彼此刻意保持着距离。我多瞟了一眼走廊，简易病床搁置两侧，像是堵车现场，病床上白色被子起伏着，突然走廊尽头一阵哭声传来。取号，挂号，缴费。耳鼻喉急诊就在妇科对面。最里面的两扇门上贴着纸条"医生在，请敲门，等待一会"。磨砂玻璃挡住我的窥探，我只瞅见一片漆黑。敲了两下，过了半分钟，门开了，头顶绿帽子脸挂蓝口罩的大夫探出身来。她走到旁边诊疗室门口，拧亮灯，一张软背靠椅，各种仪器，探照灯。呈现在我面前。儿子走进去，大夫示意家长在门外等候。我透过门把手上面的可视玻璃关注里面的一举一动。儿子侧对大夫端坐着，耳郭凑近大夫的脸，她先是戴上黑色窥视镜，立马在耳朵里发现了新大陆。我在想，虫子还在里面睡大觉，要是惊动它，它往里面钻，会不会造成更大的伤害。有那么长的镊子吗？我正想着，大夫将一根软管插入他的耳朵，然后传来吸尘器马达的轰鸣声。这声音我太熟悉了，家里有一台更大的红色吸尘器，每次响起来的时候妻子总是要我把双脚抬起来。就两秒钟，大夫再次戴上黑色窥视镜，面带微笑地说：“好了！”妻子立马冲进去，大夫再次嘱咐：“还好没有造成伤害，这几天不要掏耳朵，洗澡的时候别弄湿耳朵。”儿子还没缓过神来，下意识摸摸耳朵，妻子出门把账单交给我——“快，交钱去！”，然后轻轻合上门。

问儿子有没有什么感觉，他摇摇头。虽然不是什么大的疾患，还是要来大医院。一两分钟就解决了。我喜滋滋地去付钱，指示屏显示120元。出了大厅，天已经亮了。非常时期，最不想来这个地方。凌晨人少，没有排队等待之苦，回到家，五点二十分，还可以继续眯一个小时。

这120元一只的昆虫长啥样，还来不及探究，终究成为医疗垃圾，想看一眼都难。家里有没有共犯，如何让它们不再侵犯？妻子决定家里要搞一次大扫除以绝后患，我耳边又响起吸尘器的轰鸣声，我要赶紧给私房钱挪个地方。

上班很大的好处就是少听些老婆的唠叨，不用苦练一只耳朵进一只耳朵出的本领。虫子们多聪明，知道我的耳朵大，讨不着便宜。孩子们的耳朵虽然也是沟沟壑壑，但是话语进去就堵在那里，最后慢慢陷入心底。所以，要给他们多些鼓励的话语才好。

孩子们的耳朵虽然也是沟沟壑壑，但是话语进去就堵在那里，最后慢慢陷入心底。

宠物狗

五点钟下班，窗外已经漆黑了，又飘起雨，整个人有些瑟瑟发抖。我觉得腹部像是有一股气流，实在没地方跑，它就想从肚脐眼溜走。我有些担心。那是母亲留给我的通道，荒废了四十三年。

我看到二姐朋友圈发的视频，在温医大上学的外甥女小雪牵着一条纸盒狗在寝室走廊外溜达。我不知道小雪给它起了什么名字，几块没有生命的纸板，在剪刀、胶水、画笔的整合下制成玩具狗。同学们牵着自己亲手制作的小狗到处遛弯，让它们彼此交流、相亲，这种迷惑行为，我一时无解，然而他们脸上的快乐确凿。

纸狗出生于各种想象力，或卡通，或帅气，或者四不像。它们不会生病，不用吃喝，随便找个地方安放。疫情的阴云，未来的不确定性，手无寸铁的年轻人或许更敏感。养一只既愉悦了自己，也能让志趣相合的人相遇。

树

“空庭得秋长漫漫，寒露入暮愁衣单。”秋天是最宜人的季节。树树皆秋色，萧条只是肤浅的一层。看那菊花、桂花，只为秋天而生。

我身边有很多习以为常的东西。比如，不经意抬眼望去，窗外参天的樟树，长在院子里。春天，夏天，秋天，冬天，它的枝条，树叶，果实，在风中，在雨中，在烈日下，在大雪纷飞里。平日无暇顾及那棵孤单的大樟树。它也会微笑，也有痛苦，也有忧伤和喜悦。生命值得敬畏。人类无法超越大自然，大自然才是最优秀的艺术家。这棵樟树，从不主动修饰自己，最多园艺工人过来修剪一下，那也是因为住户觉得它挡住了光线。站着，它撑起一片天；躺着、是床、书柜、桌椅、地板、衣柜。它俯首称臣，心向菩提。

一棵树，就是一个生命体。它努力地把躯干伸向天空，活出自己的高度，接受阳光的沐浴，枝条四处延伸，开拓自己的疆土，施展拳脚抱负；脚下深耕大地。如果太阳是它的父亲，那么大地就是它的母亲。

爆米花

老式火炉，葫芦形压力锅，麻袋，满满的美好回忆，是小时候才会有的味道。躲得远远地，小手捂紧耳朵。砰的一声，香味扑鼻而来。那俘获味蕾的谷物的清香从此萦绕这一生。小时候的味觉最令人牵肠挂肚。长大后很难再找到那种美味的体验。也许不是没有，而是自己的固执在抵抗，锁住了最美好的记忆。渐渐地，很多我们曾经喜欢的，离不开的东西，都会隐退到角落馆。这其实是不得已的归宿，也是最好的纪念。就像这老式爆米花机器，隐匿在老小区，师傅年纪也大了，这古老的手艺注定要失传。我们却从来不担心吃不到爆米花。

秋天的礼物

中秋夜，鼋头渚的烟花爆炸声敲打着玻璃窗。可以想象母亲这个时候已经在被窝里打鼾。月饼的花样越来越丰富，我却计算着卡路里而没有好好吃完一个月饼。最圆的明月在家的方向，那里有瘦如葡萄干的老母亲，盘踞的老房子，老父亲体面的坟。

我沿着湖滨路人行通道，去往高子水居。蠡湖的秋天，荷花已经凋落，有人把它的枯萎拍进相机，萧条的冬天即将入镜。二胡的拉扯声逆风而来，一位穿着朴素的老阿姨，闭着双眼，陶醉在二胡的世界。旋律并不流畅，好像行走在坑坑洼洼的乡道上，听的人也小心翼翼。褶皱的声波散布在空气里，被耳朵接纳，或者被退回来。

大剧院，蠡湖大桥，摩天轮，无锡特有的山水禀赋的附庸。沿湖走满一圈差不多 30 里，是有人参考时间和步数推算得出的。

最圆的明月在家的方向，那里有瘦如葡萄干的老母亲，

盘踞的老房子，老父亲体面的坟。

劫夜

“精品水果”招牌没来得及拆，大白天卷帘门耷拉着。这个门面经常变脸，“旺铺转让”不知贴了多少回。这两天又有人接手了。

夜幕一点点吞噬这个T字形巷陌，电动卷帘门缓缓升起，暧昧的暗红灯火迫不及待地穿透玻璃门往外四处逃散，将整条街浸染出迷离感，似乎也是夜色遁逃的出口。烫卷发的男子在街口踱来踱去，不放过每一个可疑的人。玻璃门缝的中间，短发女子跷着二郎腿，眼睛盯着举过头顶的右手掌心，左手往脸上涂抹着什么，然后俏皮地抿抿嘴。暗红灯光将她往门外推，这抹艳红和芦庄菜场肉摊儿的灯一个色。夜色动了恻隐之心，这条街对外人隐藏了许多生活的真相。

试着揭开他们的生活日常，从可见的到不可见的，或有意忽略的东西，我捕捉到那层淡淡的哀愁，它像是一层塑料薄膜，覆盖着现实，来自灵魂的疼痛感像冬日凝结在玻璃窗上的水汽，存在却不声张。

夜色为城市盖上遮羞布。他们在黑暗中摸索“不可见”的部分。

年夜饭

年关临近，去茂业的饭馆撮一顿，菜单上的品种，有很多无法点单，总体价格比平时涨了一两成。阿公阿婆们端盘倒水，摆摆手也无可奈何的样子。

到酒店吃年夜饭早已不是什么新鲜事，各大酒店还有各种节目和抽奖活动，热闹喜庆自不在话下。堂食才是餐饮的灵魂，餐品的口感，用餐的氛围，细致的服务体验，缺一样便美中不足。

我怀念乡下家家户户在大年三十生起柴灶，洗、切、烧各有分工，八仙桌上摆满丰盛的菜，四周放上碗筷，碗中斟上家酿的红曲酒。然后焚香烛，烧纸元宝祭拜祖先，请祖先回来享用，接着放炮仗，关上大门全家围成一桌吃团圆饭。吃完拿长辈给的压岁钱，换上新衣服、新鞋子，等着看春晚，我基本上挨不到天亮。但除夕夜家里的灯会全部点亮，直到大年初一早上。而这样的场景已多年未见。

《表情》代表着过去，与现在没有关系。《永乐街》搁置了两年，搞得我心力交瘁。只有老老实实地写，才是一个写作者应有的姿态。

这些溢出物装在盒子里，我看出那是一条皮鞭子，内心已然瑟瑟发抖。

努力做一棵安静生长的小树苗扎根大地，而不是成为太阳底下耀眼的多彩气球。文学也像是一支棒棒糖，诱惑着写作者，珍惜甜蜜的事业。

我乐于和有趣的人在一起。堰桥的“扫码哥”，眼睛灯泡一样凸出来，戴着厚厚的眼镜。我们在歌房练习发声，他姗姗来迟，一脸的汗珠汩汩往外冒。

他的单位在最北边，要转车，坐地铁才能到文化宫。看着时间到点了，一路飞奔。他掏完左裤兜掏右裤兜，从右裤袋里翻出几张折叠好的纸巾，往脸上涂抹，纸巾皱成一团，翻个面继续擦。他凑近我耳朵：“今天体检抽了我三大管血，整个人都不好了。”我蹲下身，从自己的拎袋里拿出一包湿巾，抽出一张递给他，他接过去连忙道谢。从嘴巴到额头，湿巾又重走了一遍。白色的湿巾瞬间泛黄，他狠狠地吃了一惊，又凑过来说道：“今天去抓流浪狗了，跑到草丛里很难搞，全身都湿了。”哈哈哈，他笑起来活像一只蛤蟆。他即使不说话，那副表情在，我身上的傻笑开关就会通上电。

若不是曲中人，便不解其中意。

第三部分

写作思考

记录，阅读，整理旧文稿，

工作之外我最喜欢做的事。

天机

昨晚在小区散步的时候，看到350号草坪边沿插了一大摞紫香，冒着烟，燃烧了大半段，烟团被风撵走，一个个小红点眨着眼睛。

我不懂它的深意，一份哀思一种寄托吧，青丝生如天际，带话到最亲爱人的耳畔。

轻描淡写的状态，没有花很大的力气。每天一千字，挤挤总是有的。一定要它们生化成文字。在未来某个时间点，可以修炼它们。现在多存点，将来洒脱一些。水里不再有龙，各不相欠，他要回到陆地。

他曾经说亏待我，对不起我，他把合同撕碎扔进垃圾桶的时候又很决绝，脸上蒙混过关的狡黠的笑。这副表情我在周先生的脸上看到过。那个和默姐夫合伙办毛巾厂的精明人。修锅炉的时候，一排人站着，突然烟囱倒下来，他挣脱人群第一个抽离，见了猫的老鼠都没他快。

我的前半生，一直在奔波。童车厂暑假工，摩托车厂实习生，啤酒厂业务员，辍学去墨姐夫厂里学机修，南下深圳闯荡，折回上海创业，2003年初来到无锡，从此扎根在这里。

关于文学，更多的是梦呓，自言自语。曾经自命不凡，却原来双脚深陷泥潭不能自拔是常有的事。文学在我企图打碎现实生活这一危险举动上起到了牵制作用。

左手荣耀，右手忧伤。在可见的部分看到“不可见”的部分。文学之光覆盖我生命的绝大部分。有些值得期待，有些只能带进坟墓。

对抗

文学爱好者在对文学的求索中，也有闪光的亮点，只是有些没有坚持下去，或是没有拿出来分享，文学也可以很私密。

生活表面的平静看上去那样自然，脸上的表情会出卖某些线索。

很多事就这样沉下去了。不会有那么多的人紧盯着不放，她的脸上没有写着，你也找不到秘密的入口。美好的事情往往是破碎后的凄美，是美，但是已不完整。

写作或者阅读，都是极好的对抗时间流逝的方式，增加我们的体验和收获。

当我们谈论一种生活或感情的时候，不自觉地往自己身上联想，并且认真审视它。

我对我的“作品”有改编权，我承认自身的平凡，却不能纵容平庸。我不妥协，家里天天刮台风。我的叮嘱在他们看来是唠叨，我最好低头做事，嘴巴只用来吃饭。

女人打扮自己，不是为了取悦谁，非要说是那就是为了取悦自己。男人若自以为是，就会被踩在脚下呢。

一对箱子蒙了两年的灰。有志青年按照志愿把自己投向某个城市。四年时光，我面前的依然是个孩子，四年之后定当刮目相看。

于是我心里多了一个挂念的地方，它的名字叫南京。

可能性

凭着热爱与文字为伍，写下一些毫不掩饰的情绪，有时泥沙俱下，有时意犹未尽。文学给我带来一些意想不到的可能性，遇见有趣的人，生命里吹进柔软的风。

在某个情境中，意识也只会在条条框框里浮动。而一旦步入空旷的天地，茅塞顿开，那些长了脚的文字汹涌着奔我而来。一摊开就给人惊喜。

不看书，不写有用的文字，实在是一件危险的事情。久违的那种自信从容，可以感染人的；眼睛里面的黑洞，如同搅拌的黑咖啡，令人捉摸不透。我们不能穿过陌生人，这个世界有太多的遗憾。

我的记忆就像是个马蜂窝，总有漏网之鱼。

很多并不能恰到好处地生成可看的文字，它们容易惹是生非。

环保主义者

我发现自己用笔和纸已经写不出半个字。这经验十年前有过。那时和现在相反，坐在电脑前，手指轻触键盘，大半天，就是空白一片。脑海里翻腾，可就是一筹莫展，无从说起。然后大约十年的时间里，慢慢信手拈来，手指和触摸屏相通，文思如泉。不再依赖纸张和墨水。生活中很少再去用笔头。我无意中成了环保主义者。

我没有继承父亲的一手好字。歪歪扭扭，龙飞凤舞，自成一派，有时自己都要猜。用惯拼音九键，还算流畅。就是学不会较真，有时难免沦为白字先生。和我聊天的人，都惊叹我的打字速度。也没掐表算过，一分钟能打多少字。这其实不是重点，反应快，见招拆招，你来我往，合拍。我不大愿意和打字慢的人聊天。顿一下，就会忘了原本想要敲打出来的话。

安静的地方，似乎只有图书馆。最好靠窗，新鲜空气和思绪交换。滨湖图书馆人少，没有干扰，这是我的好去处。内心安定，躺在床上也曾尝试过。就是杂念多，文字也会慵懒。那毕竟是梦的入口。另一种境界的升华起落架。排遣文字还是需要清醒和少许谨慎的，哪怕是坐姿上的一本正经。文字需要这样的欢迎仪式。积蓄了很多念头和经纶，不变成文字，早晚会生成头屑，不仅不雅观，而且会大片地死掉。雪花片一般，被洗发水干掉。到头来，还在纠结如何表达。不管是挤奶还是排泄，都是释放，容量和心情完全不一样。

趁早

“艺术不是营造幻梦，加速遗忘，而应当直面现实，刺穿幻梦。”“以文学的方式，对抗人世间普遍存在的遗忘和粉饰。”忘了这两句话出自哪里，它们在我的笔记本上盯着我。

我现在站在真相的对立面了吗？现实比小说狼狈。最后呈现出没有伤害性的那一面。如果跳出这个圈子，我看到世界的美好，童话般的生活，黑幕有人负责撤掉。就像你的孩子也在人群里，你把世界的阴暗吸收了。

散文里不能公开的语言，小说可以还魂，有很多起好的头，现在没了写下去的念头。可见，出书要趁早。

世界上好多美食，我在童年里没有吃到过，甚至不知道还有那些超越我认知的美食。看见了，寻到了，打开了，把它装进胃里，不管饥饿感是否仓促、慌忙，就像父亲钓鱼时，那些饿坏了的鲫鱼，最终成为桌上的荤腥。我站在磅秤上，不用怀疑它的恶意，它没必要说谎。

懒惰的人没有活路。

汽车电台播放的老歌让人愉悦，那是我们的青春啊。晚风舒爽，车窗上落下星星点点的雨，未来一周，这座城市将要浸泡在水里。想要把自己的躁动情绪压下去，少一些悲观情绪的蔓延，烦恼往往来自过高的期望。更多的烟火气，更多干净的文字。爱好文字的人，其实都是孤单的人。

铭记历史不是为了延伸仇恨，而是重申和平和正义的价值。有思想的人往往不安分，别人看不到你的内心，打探是一种冒犯。

我的身体陷在一个独立的世界，文字编织翅膀一对，带我逃离吧。

路过海岸城游乐场，音乐喷泉随着节奏的起伏喷出五光十色的水柱。孩子们呼叫着，用手去抓，用脚去踩，冷不防湿了身。他们的快乐如此简单。

写下许多不着边际的文字，打捞起两本册子，心里一下子有了挖空的感觉。应该去探索别的世界，聆听，经历，阅读。感觉自己像个孱弱的孩子，得了一场大病。被文字浸染过的场景都不想再碰，倘若硬来，索然无趣。写作也是生活的一部分。内心裸露着总是危险的，那些思绪随氮气、二氧化碳消失才最稳妥。

重读自己的文字，它们的组合排列有些牵强。现在已经没有当初那种兴奋劲，似乎自己可以预感到它会发布出来。它不是文学，只是公文的一种，夹带个人感情色彩，看上去不那么刻板。对自我，终究是一种堕落，我对自己习惯性苛责。

记录，阅读，整理旧文稿，工作之外最喜欢做的事。

救赎

苍茫一片。春天来到江南，雾霾也紧随其后。这棉花糖无边无际，我难以招架。梅花开了，妩媚脱俗，五片朴素的淡雅芬芳，引得寻芳者众。

一个礼拜，我忧郁沉闷，一点也快乐不起来。

赶走生理上的不适和心灵深处的挫败感。觅一处闲情雅致之地，就想静静待着。灵魂需要服从，不能处处作对。依欲望行事，那真是无可救药了。垂直的时间，劈头盖脸扩散，延伸，心绪不宁，心怦怦跳。无从获悉的迟暮之年，纯真无知的童年，记录在过往的真空里。鳞次栉比的高楼也是建立在荒漠之上，鸟儿们还在哀号逝去的家园。声音具体生动，飘来荡去。房子不是用来住的，是用来空的。待在这里写下这些文字，不为自己的想象而活。放弃那些不切实际的。遵守意味着妥协。我看见了你，你就是明天的我。不谋而合。

我的惶恐

孩子们的九年制义务教育完美落幕，整理出十几箱旧课本，丢了可惜留着又麻烦。如今的行情 7 角一斤。出版业受纸价波动影响，书的定价从来是一路飙升。电子书干不掉纸质书，“一片甲骨惊天下”，从甲骨文到现在的纸张，3600 多年了。大脑的记忆功能有朝一日会不会完全退化，载体唾手可得，纸质书只占很小的体量？科技造就了巨大能量场，我从它身边走过，整个人就像是要被它吸走。

“我也学会了仔细聆听它表达的内容。除了尝试并且失败，没有其他办法来发觉自己没准备好或者不愿意去写。我在写一个自己并不喜欢的人物，或者用写作来表达别人的期待。我没有做好心理准备进入我为自己标记出的情感领域。解决办法永远是找回我去爱、去渴望、去取悦的方式。

“语言是一种极其难以掌握的工具。我不认为自己有那种势不可挡的东西涌上来指挥我的意思。”

仿佛是另一个自己告诉我上面这些，但我说不出那样的话，我只是一名听众，并且为这些话拍红了双掌。

腌萝卜

白萝卜去皮，切块，放入空碗，撒上盐，覆上薄膜，然后交给时间。萝卜汁游离躯壳，一个小时，或者再久一些。把汁水倒掉，试着再捏一把，让残存的汁液离开母体。再撒一点盐，加两勺白糖，淋上生抽，生姜切丝，大蒜瓣敲碎，搅拌一下封存。

写作和腌萝卜如出一辙，我经常这样认为，倒掉的汁水才是精华。生活的记录也是如此。不能切中肯綮，感觉汁水无法分离，有时游离得不彻底。那就停下来，阅读，做笔记。感觉来了，那些本真的文字就会生龙活虎地排列出来，快意哉。

我慢慢体会到：若生活没有激情调动，那么文字也是干瘪的。

梦里被一群白衣人审问，一个个空心地漂浮着。他们和我说大道理，我战战兢兢地听着。突然我从床上滚落地板，爬起来继续蒙头大睡。

高深的文字，渊博的写作者，一山高过一山。那点自命不凡成了笑话，无人问津的渡口开满野花，安安静静地当棵小草吧。

若生活没有激情调动，那么文字也是干瘪的。

靠岸

身体在不舒服的衣服里寻求解脱，来自写作深处的冲动占了上风。

文学与现实之间横亘着一条宽阔河流，作者、读者都绕不开这条河。文学映照现实，并不意味着文学沦为现实的附属物。“纸上得来终觉浅，现实是否也是一场没完没了的幻象？”

想象力，往返于现实与文学间，成为作者摆渡的船，带读者一起上岸。

在另外一个时间，另外一个空间，想象出来的世界和我们日常生活的世界重叠。

父亲死了，他控制着他的过去，控制着与我重合的人生。那些烟酒粘连的日子刻在墓碑上，此后我在特定的日子瞻仰祭奠。

别人写的文章，无限延伸，抵达某种高度。换作自己，该如何处理这些头绪，很有些无从下手。

没有那样的生活经验，想象力又不够，边界感特别清晰。这个房间没有门也没有窗户，被困住的人想突围，而我就是这种亚状态。光有热爱，笔力达不到，便非常折磨人。

读书

阅读可以让读者在现实里衍生出一个平行世界，现实和意识交织着，又仿佛绝缘。它们之间存在真空地带，也就是读者的遐想空间，里面衍生出无限的可能性。

我们读过的书，都不会白读。

王安忆说过："读书就是把喜欢的东西留下来，不喜欢的，看不懂的暂时放在一边，等待将来的日子去认识。"

这个世界文字无处不在，有时它就活跃在我们大脑里。我们每天要产生两种经验阈值。白天忙忙碌碌，扮演父亲、员工、同事、陌生人，晚上有一个相对的独立空间，可以喝喝闷酒，散步，阅读，听音乐。做梦是绝对自主的，它和阅读一样。在我看来，所有的经验都可以变成文字。

人不会两次涉入同一条河流，但我们可以多次深读同一本书。

书里有一个世界，我们试图用自己的方式打开它，在书里随心所欲。我们在书里找到唤醒我们生活的有效路径，激励着我们探索前行。

经典名著就是一场场文字的饕餮盛宴，它们让我们的生命充满张力。

睡眠像是被打破的镜子。我要一片片小心地将碎渣找到，过程中避免自己受伤。

大的好找，那些墙角的，门槛缝里的，求索不得，也没有危险系数了。手机可以快充，人的睡眠要一分一秒踏踏实实。

有时就是那样干净利落。身上那条线牵制着，做一天和尚撞一天钟。倘若自由惯了，就会想找一把小刀，将绳子割断。

书架上那些书蒙了尘，想写小说的野心，全部丢到夜色里去了。《半生缘》不正经，它竟然跑到我梦里再续前缘，并且告诉我：“命运选择我们的时候我们没有恨意，而我们选择的命运，许多时候是含有恨意的。”

不切实际的梦想也温暖过我那些苍凉的日子，它们带着微光，我看到那个倔强的自己，继续写下去呗。那些更美好的事情在不远的将来呢。

我和省作协的杜老师通电话：“你要把它发出去。”她鼓励我写下去，增加“曝光度”，其他的顺其自然。

从喜欢到热爱，一条道走到底。不去想它能给我带来什么，汉语的韵味绵延，顾不上尘土飞扬。

我坐在运河东路景观长廊的石墩上看来往的行者。路人甲的走姿引起了我的注意，右脚往前冲又被扯回来。他像是陷进泥潭，每走一步要努力往上提。我不知道他经历过什么，他刚毅的脸上写满了饱经风霜的沉重，我走不进他的故事。

坐久了腰疼，盯屏幕久了眼睛疼，肚子饿了胃疼，一点办法也没有。整个人分裂成东西半球，南半球被《喧哗与骚动》攫取了。

福克纳的小说有些晦涩，我试着读过几次，找不到入口，一层层剥开，它一下子转晕了我。如果我是班吉，我会自以为是地触碰这份爱。它颠覆我的世界观。我觉得应该把它找出来，福克纳在写，他的思想在我的脑袋里跑马。小说难写吗？它有自己的海域，我可以试着让纸船游弋开来。

电影

每次看电影都会有奇怪的感受，像是经历一场梦，整个人闷在真空罐子里，审视一种或好几种人生。影片结束幕灯亮起，保洁阿姨从幕后钻出来，她提着扫把簸箕，提醒我回到现实。周围一张张涂脂抹粉的三寸蛋糕脸，眼睛好一会从才能适应过来。

思量拥有某个物品的时候，只要有一点点实用性，哪怕只用一次，它都逃不掉我的魔爪。而丢失的邮箱密码哪怕有一点点线索，我也不想找回来，我不想面对幼稚的过去。

我做过一个沉甸甸的梦，在梦里我过完一生，醒来后除了暮年那个孑然一身的自己，什么都记不得了。从此我变得不爱说话。

码字

码字是相当孤独的事情。要有一定的灵敏度，和生活方式牵连。并且循序渐进，巧妙的措辞，精心打磨，思路清晰，感知锐化。创造力源泉每个人都有。弱水三千，取多少，因人而异。每个人心中都闪着微光，彼此照亮这个世界。灵感就像是呼吸，平缓急促在于力度。文字引领我们抵达生命深处。零星的拾遗，只是一个闪回。

不停地写，就像一日三餐，变成不可或缺的习惯。既保存了记忆，也发现了所思，打开自己的心声，投入冒险，埋下希望的种子。一往无前，自由地写，不停地写，不假思索，获得感性的东西，与人分享。这是很理想化的进程。作者的暴躁和绝望只会搁置一边。随心所欲地写，像一条河奔腾流向大海。保持新鲜和独特，这是他的生命力。

幻灭

信仰是看不见的，有人相信，有人把它当牟利工具。

文艺投射一个时代的风貌，巴金曾说："青年作家们，前面有灯光，路上有泥水，但是四面八方都有关切的目光，整个民族同你们一起前进。你们丢开顾虑，不用胆怯，大胆地想，勤奋地写，把自己心灵中最美好的东西全写出来。"即使写作对我而言没有物质意义，我也不会停止敲打键盘，而支撑我写作的一直是心底那种表达的欲望。

父亲节提醒我，我是半个孤儿。孩子们对我这个父亲也没有表示。母亲在他们的心里像是一个女王。反过来，我这个父亲也不称职。我对我父亲的爱，也是存放心里，现在已没有弥补的余地。中国式父子情，父子之间的表白和冬天的雪夜一样含蓄寂静，令春风得意。

妻子对着手机讲了一个多小时，但也不妨碍她做别的事情。可以是织毛衣，无声嗑瓜子，或者做不可描述的事情，比如掏鼻屎。那种是深处的探险，她还要应付电话那端的人。当酒精和苯甲胺联合起来成为男人的助手，它们在一旁煽风点火。两个人的战火比常规烧得更不可收拾。汗腺受到空调冷风的惊吓，蜷缩到身体里。躺着，跪着，站着，躬着身，十八般武艺，地板发出警告，夜色请对她温柔些。

我以为前列腺坏了。身体的荷尔蒙像雨水一样泛滥。有时觉得胸口闷，像是有东西堵在里面。真想打开胸腔，站在镜子前，看看是什么东西把我的肺缠住了。我要把它们揪出来，喂给狗吃。

白纸黑字压在案底吃着时间的灰，我都不愿意再去翻看它们。心里曾盼着它的诞生，这是我的“亲生子”啊，文字和思想的结合体，是个正常人，还是离经叛道的妖怪，我不敢贸然揭开它的面纱。它是有些神秘的。

我的脑海里千头万绪，文字成为它们倾泻的出口，会有一些连自己都无法琢磨的碎渣。需要反复斟酌，如果在源头控制好，那么花在修改上的时间会少许多。有些荒唐的，莞尔一笑。它们多是一些漂亮的肥皂泡沫，不等我抓住就破灭了，有些迷失的幻灭。

文学像初恋，我是那个毫无经验又穷追猛打的少年。

石头记

文学像初恋，我是那个毫无经验又穷追猛打的少年。文字里析离出狭隘、偏执的成分，内心时常被灰色的氤氲气笼罩着，破解的亮光始终是我热切寻找的秘籍。把思想用文字结构出来，像是我身体后天具备的另一种新陈代谢功能，停下来我就会生病。

穿了三年的皮鞋有些松垮，它陪我走过北京、上海、苏州、常州、镇江、盐城、淮安、金华。鞋帮有些掉色，也吃了不少土，那些脚下生风的体面留在了我去过的每个地方。千里之行始于足下，一双合适的鞋子能支撑我们走得更好更远。

18 岁时我向往北京、上海、西安、深圳，这对小县城出来的懵懂青年而言，已经是可以梦想到的全部。东京、巴黎、纽约，从来没有在我脑海里闪现过。

这辈子能不能写出一本经世的作品？在我清醒的时候，那是望尘莫及的事情。梦想有时它就是一块石头，现实将它敲碎，石灰被风吹走，旁人怕误伤眼睛都要躲着走。我有时用尽力气把它扔到太湖，激起的小浪花吸引一些加持的目光。我的梦想只有一个，石头却有好多。现在我的内心潮湿一片，打不着火。

文字应该视我为敌，我把它们一个个拆散，从此再也无见面的可能。这又有些残忍。秘密破解了。一个个变成了原子，从此没有一点存在的价值。最后装进黑色垃圾袋，重新回到纸浆，重复着悲催的人生。

对于我，秘密总归不能示人，我不能像风儿一样到处传播别人的秘密。我保守着伟大的秘密，然后葬送它们。它们的行迹不再可疑，我也会忘了它们。我的意识要求我视而不见，它们只是一张废纸，守口如瓶是我的工作。

我搞自己的爱好，无限靠近文学梦。文字刚出炉时是一个味道，放久了，才会剔除扬扬得意，给出客观的陈述，哪些地方要改动，哪些地方直接删除。这是自己一手生产的，全情投入的时候目中无人，只有搁置一阵，理智才会追上来，然后在自己的天空城完善它。要有突破，那必须借助外力，或者长时间冷落它，等自己的审美上升到另一个高度。嫌弃出现了，那就是蜕变的开始。我不能让自己太得意。

孩子除了接受大学常规教育，还身处网络时代。两代人成长背景的不同，彼此都难以理解对方。我是他眼里的老顽固，并且把我关在了他的门外。每代人有各自的使命，既然我达成了使命我就应该有自知之明，适时放手，我会得到另一片天空。

作为一个中年人，当我直面问题的时候，通常是很克制地表达看法；甚至要隔开一段距离，思考才会更纯粹。我能为孩子们留下什么？

我们该为时代留下怎样的声音？我认为的写作，不以发表为目的，自由式的写作重在表达自己，不参考任何脚本。

我身体里的失落和悲观是否跟A型血有关，写作解决不了现实问题，但我尊崇它为信仰。当我的身体和这些文字一起消失的时候，遗忘就开始了。

“见过大风大浪的鱼尾巴，却只能在浴缸里摇摆。”——大长腿雅雅无不伤感地说。

如果一定要自我反思，问问为何不再想表达了。欲望对于特别容易满足的人没有杀伤力，思考爱恨生死，最后呢，什么都没想明白，陷入沉默。童言无忌，撒谎除外，它只可以短暂逃避大人的惩罚。

她向我招手，而我面对湍急的河流干着急。我的每一个梦都是空盒子，赶不上约好的时间，见不到想见的人，抵达不了既定的终点，悲伤失望赶也赶不走。梦是一个深渊。现实反而好过一些。

现在的写作状态好许多，看一些有启发的文字，记录好每一天发生的事件，这些都是将来可用的素材。生活无穷无尽，文字与我，是身体的某个器官，它不跳动，我就会郁郁寡欢。如何证明它活着，那就写，那些有意义的，闪光的人和无常的事。遗忘不用教，一天一千字正当时。

我在摆布中，仍可以做我自己。文字破壳而出，汽车不会一直在路上，停下来就可以写，它们中的绝大多数认可这种出生方式。这样的纯文字不遮掩，也尽兴。

心灵自由啊，在另一个高度审视世界，看到常人触及不到的内核。这种体验会刺激神经，容易抑郁，对我这种敏感的人而言。不能见识太多的真相，它会衰减我对这个世界的好感。

生活无穷无尽，文字与我，是身体的某个器官，

它不跳动，我就会郁郁寡欢。

碎纸机的身心洗礼

从一楼到六楼，除非紧要事，大多数时间我选择一步步走楼梯往上爬。日复一日，双腿再也不抖，练就心平气定的洒脱感。605 办公室不起眼的角落里，靠墙站着约莫 50 厘米高的旧机器：电风扇，不是；迷你电冰箱，也不是；空气净化器，还不是。它在这里待了好多年，它看不见外面的世界。它是我的好帮手——碎纸机。

很多时候，我忽略了它的存在。它只是墙角的一个背景而已。实际上它更像忧郁的诗人，它能感受到每一张纸的情绪、温度和气息，并且不会再让第二个人知道它的内心。风带来一阵清香，万种柔情路过，它立马摆出一副摩拳擦掌、虎视眈眈的姿态。通常我要先把图钉卸下来，然后一张张往它嘴巴里送。说是嘴巴，其实是一条缝，就像某些男人的小眼睛。可里面又长着密密麻麻的牙齿，而且锋利无比。完整的 A4 纸垂直插入，它发出阵阵轰鸣，这是几天没吃饭了，还是怕有人跟它抢食物，很没见过世面的样子。开始的时候，像喂马一样急于喂饱它，可它总是不紧不慢。我给它双份的，它又不乐意了。马上闭紧嘴巴，安静下来，好像我要害它，而它仿佛噎着一样。我要小心翼翼地将纸张抽出来，拍拍它的脑门：“兄弟，我错了！”它领了情，又一口一口地吞下去。你着急也没用，惹恼它，就掉链子，不让你省心。它的肚量其实不小，我差不多半个月才给它清空一下胃部。倘若不及时，怎么喂它，它都无动于衷。简直就是一个“饭来张口衣来伸手”的纨绔少爷。我慢慢摸透它的秉性，才又对它生起欢喜和敬意来。

它没有记忆力，始终守口如瓶。有人说它更像个刽子手，无论纸张高贵低贱。我觉得它像是一个老师，每次都能锻炼我的意志：“老兄，不能操之过急，凡事一步步来，要脚踏实地。”我越想尽快走纸，结束一切，它就越慢，或者就此罢工，始终和我对着干。这渐渐磨平了我的急躁和急于求成。它还教我人生的道理：再艰难的岁月，最终都会粉碎，化整为零。

它见惯“粉身碎骨浑不怕”的恶劣，它们逃不脱相互咬合的利刃，回到包浆的最初，反复轮回。如果把它想象成宽容的智者，那么它的宰相肚里装着沉甸甸的爱，你要用心体会。它疾恶如仇，它宽宏大量，它八面玲珑，它值得信任。

我很享受它每次给我带来的身心洗礼。亲爱的你，是否也有这样一位好帮手，和我一样对它刮目相看。

再艰难的岁月，最终都会粉碎，化整为零。

马路上风中踮起小身段的落叶，不时向四周张望，遗落在秋风里。它并不埋怨树杈，也不埋怨秋风，自顾自地奔跑。

人迹罕至的小区，看得见湖，望得见山，绿树成荫，风又凛冽，那些肉眼略过的跳蚤难以防范。我怀疑身上有它们的巢穴。

黑皮座椅四只脚扎马步般立定，靠背仰望着桌面上的电脑显示器，确切地说它们彼此对视。我的到来像是第三者。生活也像是一张座位，它不会一直空着，我可以选择离开它。或许是我身体太敏锐的缘故，我不能提醒它，不然不适感将卷土重来。

“你要记得我。我要留在你身体里。”我对椅子说。

墙上的钟表设置了闹铃，一种紧迫感弥漫在空气里。什么都不做意味着失去，投身进去又隔着万水千山。

右鼻孔一股酸腐味，它滴出黄色液体，掉落在我吃面的碗里。牙龈的神经快要断裂，双眼像是压着重物，刺痛感抓住我。我有点受不了。我要想办法把它们压下去。身体没有生气，人生的乐趣接近负数，要为它的胡思乱想挪出地方。

我的喉咙像是有狗皮膏药贴着，呼吸都要被它阻断了。

我的屁股上长着密密麻麻的坐骨神经。它们经不起久坐，我找到了时常打哈欠的原因。我好像知道自己不会心想事成。

我还是依然坚持写作。

石头沉下去，湖面立马恢复平静。

三个喷嚏

时代的巨变增加了现实的不确定性，原本我们确信的东西变得十分可疑。有时很想用力地表达，文字却轻描淡写不着边际。或者想到了什么却无从下笔。过去和当下连接不确定的未来，更多的是一种向往。

个人被时代潮流裹挟着，有种束手无策的焦虑感。旧的已去，新的未来。一不小心掉进时代的裂缝中。我成不了黏合剂，生命的本质，社会的进步，生存的困境，我始终瞄不准。再漂亮的肥皂泡，行将破灭之际，五彩缤纷是其最后的倔强告白。

平凡的生活中，可以写的东西很多，哪怕不起眼的角角落落都隐藏着文字的萌动。那种欲罢不能，不写就恍惚，浑身难受。顶天立地的男人又怎能逃脱苦难的磨砺，任凭时代、环境、际遇百般磨砺。

我有时觉得自己无趣，连打个喷嚏都要写下来：一个代表有人要传话给我；两个意味着我要吃“马肉”；三个最幸福，有人此刻正在想我，但愿是真的，而不是要跟我借钱或者要我请客。

天书

世界上好事比坏事多。走出痛苦的办法就是分享痛苦。青春故事好像总是这样，他总是慢一步，慢一步成熟，慢一步喜欢你，慢一步懂得珍惜。时间可以等他明白，但你不会。

——刘小备

我已经43岁了，年岁还在长，几乎毫不费力。

摩天轮转一圈，平地上度过600秒。看看每天生活的城市，那些稀松平凡的日常。当你陷入困顿，请抬头望望天空，在城市的最高点，有一双时时注视着你，鼓励着你的眼睛，永远燃烧着火焰。

没有人告诉你前路该如何走，能指路的人已经入土。愿意说话的，他给不了你想要的答案，也只能笑笑。好似办公桌上的尘埃，可以用鸡毛掸子轻轻拂去。

那些事，那些无关紧要的事；那些书，那些天书。

我听见身体里骨头断裂的声音，那么一大团面粉也掩盖不了我痛苦的表情。我扯下一块碎布塞进嘴里用牙齿咬紧，碎布像是冬天梨树上的浅花，披了一层雪白，我打了个寒战。我的七窍开始生烟，抽掉一根肋骨的痛难以招架。想入非非的代价只能是卑微地落入尘烟，骨头贱得很，配合皮囊堕落。雪人隐现，点水成冰。他嘴里念念有词，打住吧，也不过逢场作戏，只获得短暂的欢愉，而清白已染上污秽。

肚子里在闹一场革命，但没有一点确凿的判断。整个人也混沌一片。我现在走在一条未知的路上，我没有掌握它的主动权。那些渺小的、未经驯化的思想冒出来，教养原本要镇住它们，可是像打地鼠一样我有些措手不及。

在时间面前，它们永远是一条逐渐晒干的河床，裸露出那些被阳光雨露雕琢过的岩石，早已不是当初的模样。在富足里接受改造，说那些冠冕堂皇的话、心里发怵的话。

精力充沛容易早醒。这个时候发泄出来身体又将荼蘼，水满了，它就要溢出来一些，除非桶漏了。我想我的前列腺大概还可以工作二十年。更年期综合征的帽子悬在半空。

衣服上浸泡着水，一点点蒸发了，变成雾气，变成云朵，然后还它们轻盈。“各人住在各人的衣服里。”这是张爱玲的名句。

情欲之门夜里通常开着，只要稍作休整，战斗力随时唤起。如果城门戒备森严，那真是一场孤独的入侵。要从顶端纵身一跃，抽刀断水般，身体才会安顿。

时间被鲁米掠夺，它是我身上第 207 块骨头。

“解开他的生活日常，显示他是一个与世界格格不入的人。在灵魂的恍惚处，极端的痛苦将创造力像岩浆一样激发出来。他是一个真正的男子汉。他克制感官享受的能力，收起对肉体的欲望。文字表面覆盖着爱情，其实骨子里是关于修行的深层次探索。

“早上醒来时，很需要一个母亲一样的人物：你醒了？想吃什么？想去哪里玩？最扎实的喜悦来自大地，和风，雨露，阳光。在某个彼此期盼的时刻，最终灵魂在草地上躺下，我们相遇。”

新月挂在节日的门上。星光穿过我，一粒微尘在阳光中舞蹈。想象开花了。那些纯真的快乐最容易遗忘。鸟儿的歌声从黎明就开始。

它在动了，它要见光了。心里酝酿着该如何接受不确定的现实。情何以堪？我裸躺在沙滩，晒着激烈的阳光。这件事与我无关，它被领养被抱走了。我只能等着它向我跑来。

人生中要有一个先后顺序，依序安排好时间和能量。

世界就像是叫不醒的醉鬼

睡眠是人们摆脱对世界的牵挂，然后陷入梦的入侵和征服。

一条条生日祝福短信从银行、电信、保险、商家服务号蹦进来。有的送积分，有的送折扣，有的送温暖，它们有记忆，且比人的记性好。

抽屉里竟然有蟑螂，它嗅到了“要吃鬼”的私房货。我一过失把它杀死了。

当偷偷摸摸可以得到一切想要的东西，它已经不知道什么才能让自己真正快乐。那我只有送它去极乐世界。

买三黄鸡的时候，我问老板娘，一天多少只鸡被你大卸八块。她回答50只左右。一只鸡卖60元，一天3000元毛利，一张床的位置，菜场出入口，她几乎每天下午四点就收摊。

喉咙有一种异物感蛰伏着，好像装了一扇门，随时要关闭。我站在核酸小屋旁，从圆孔洞里伸出一双手，有个声音指示我张开嘴巴，我不自觉回应“啊”，她没有弄疼我。慢性咽喉炎浸染多年，常年充血，那根棉签在我喉咙迷了路。

心上重重挨了一拳，很久没有缓过神来。

不是早，不是先，是恰到好处。一个人不能没有理想，但也不能脱离现实。

初秋的晚风，还夹杂着一丝热气。“怂”，心上之人有几个？

“您”。中国人的爱情不像西方人那么直接。每一次跃动的心跳化作文字落在纸上，变成情书，都是一桩桩深情的托付。年代剧里恋人要接吻，女生先喝一碗糖水，爱情就像两朵花之间的香气彼此吸引。

日常生活中，各个维度都隐藏着文学的种子。那种激动，那种欲罢不能，像中蛊了一样。

菊花，枸杞，决明子茶，大概很补的，灵魂都膨胀了。

有时思想达到了某个高度，作品却在下面东游西荡，有种无力感。

这个夏天充满很大的不确定性，有种现实难以掌控的迷离。我觉得自己像是中招了一样，身体里有刚接种疫苗的那种恍惚劲。心里已经被污染。病毒和人类共生共存，这是无可奈何的事情。

他认为的写作，不以能否发表为目的，不以能否产生影响为目的，也不以受不受关注、欢迎为目的，进行自由写作，表达自己认为最重要的。

现在作文，我养成了一个非常不好的习惯。到处取材，然后搭建房子，风格并不统一。打动了，我才会占为已有，然后扔到自己想扔的地方，不管读者的感受。

不看书，不写有用的文字，实在是一件危险的事情。

久违的那种自信的笑容，可以感染人的，眼睛里面有黑洞，如同搅拌的黑咖啡。我们不能穿过陌生人，这个世界有很多的遗憾。

我的记忆就像是个马蜂窝，总有漏网之鱼。

新年会不会更好过一些，还是余了许多事要在来年实现？

家乡有美好的童年，也有椎骨的疼痛。安静的时候，世界就像是叫不醒的醉鬼。作乱的时候，平时笑容面具挂脸上的露出狰狞。父亲从生命里移走，已经八年。

第四部分

回忆随从

一

我承认我是个早熟的孩子。

童年

柴灶里生的火，贴着大铁锅底，滋滋吐出烈焰。人脸也烤得火辣辣的，寒冷的冬夜，守着灶台火炕，可以取暖驱寒。此刻此景开了我的“聪明”。想起小时候，陪伴在奶奶身边守着柴灶。大铁锅里煮粽子或是烧白米饭。拿把铁锹，放上豆秸，一会儿就能闻到香味。还有年糕，番薯，埋在火堆里，火膛里飘出来的都是惊喜。一种小幸福油然而生。看见故人的脸，童年就都回来了。

童年的小火苗，脑神经和嘴巴距离最短，那一切都是鲜活鲜明的。有些器物越来越不常见，人情往来，深刻的回忆由岁月担当。我们都欠了前世的债，记忆被摧毁，心也迷失，再多的想象也不如亲眼所见。哪怕白了头，上了乡愁的当，我依然爱你如初。

我们渐渐长大，少了那份期许。年味真的变淡了吗，还是我们审美疲劳，找不回当初那份纯真体验？我们失去的正是孩子们唾手可得的。希望每个人童真的城堡依然坚不可摧。我们的命运和离巢的蜜蜂没有什么两样，离开太久，追求太多，灾难不可避免。好像有点危言耸听了。

落叶无声坠地，飘零在冷风缱绻里。旧年抱得再紧，也将驶离岁月长河，辗转远去。这飘忽的旅程从容，辛苦，抑或烦恼。悲观过头往往令人不适，常怀小小不决的善意，汲取乐趣，收获喜悦。在那镀金的天空中，飘着新年的殷殷期盼，峰回路转，风光无限。让我们相依而行。

穿堂风

我承认我是一个早熟的孩子。年少时暗生的情愫，如同茫茫大海中的扁舟，眼前一片混沌的海岸，晃动着慢慢向前探索，霹雳闪电划过它。它在海浪里翻滚沉没，我想把它打捞起来的念头经常在夜色阑珊后偃旗息鼓。

1987年，故事的开始。琉璃屋顶倾泻下来的光波经过层层阻挡，逃出生天的微尘跳着孤单的芭蕾。我的眼里燃烧着一团火。我迅速捡起地上揉皱的小纸团并塞进裤兜，回家后用滚烫的搪瓷杯将它推平，在煤油灯下打开看……

最初的惊慌失措被甜馨淹没。鼻尖上的小汗滴，耳垂透明的茸毛，小鹿乱撞的心跳，令人难以忘怀。夏天过去了，什么也没发生。此后在我的世界一点点向外扩张，偶尔还会从别的地方传来一些消息，只是她再也不会出现在我的未来。记忆深刻的旧时光与梦想有关联，皎洁的淡啊淡的光终被深海收留。告别爱做梦的年纪，翩翩少年已成油腻大叔，那一阵穿堂风来得急去得也快，留不住抓不住。我不再勇敢，不再奋不顾身。

我们的一生会遇到多少人？如果擦肩而过也算，会不会和我的华发一样数不过来。可以心语交流的，和寂寞夜空的月亮一样绝对，曾经的痴迷和疯癫，不会有从头再来的可能。也只有学会告别，新的遇见才会欣然而至。

绿皮车

溪西站建于1957年，是金千线的一个普通站点。又因为冶炼厂、化肥厂，成为重要的运输线，而变得不普通。周围的居民再熟悉不过了。

蒸汽火车头犹如庞然大物，每每经过，地动山摇。身体转过去，不敢面对它，耳朵捂得紧紧的。去水阁殿坐中巴车去上石桥外婆家，我都要穿越它。下雨天，沿着铁轨走，可以避开泥泞路。1997年夏天开始，可以从这里坐绿皮车去金华西站。慢悠悠，那是鸿雁传书的年代。跨过兰江，从另一个角度看兰江大桥，尚未开发的灵羊岛。有火车的城市，大抵温暖又柔情，在青春里制造了许多既美好又浪漫回忆。

从小被爷爷奶奶熏陶，见佛就拜，要很虔诚的，那种不可亵渎的神圣与生俱来。我没有和佛祖说过我的心事，他们总是很忙，对每一人都笑脸相迎，但是不说一句话。

“手汏过哇？”“汏过了。”

地老天荒

我唯一的青春期，读诗，听歌，在别人的故事里细心体味自己的花样年华。觉得自己独一无二，其实被命运牵着走。骆家塘的放逐，至今未收回。青春经不起滥用，挣扎与苦痛，坚持和转身，一样流畅而美丽。选择一座城市就是选择一种生活方式。随心所欲，恰到好处，只剩怀念。平庸没有一席之地。

躲在某个可以隐身的地点，时光被金城西路来回的车辆轧断。这声音听了让人心烦。可它并不会就此扔下我。

时光断裂的声音，来路和去路都极清澈。家乡的杨梅熟了。喜欢杨梅的人走了。那一坛杨梅烧还封存着。深邃，浓烈，血色，伤感，归于平静。一去不复返。

尼采说："人没了痛苦，就只剩下卑微的幸福。"生命中，有些东西注定会消失不见。或者杨花般四处飘散。隐隐作痛，但是没有用。生命如此多情。眼泪是钻石，在起伏的岁月中，串起欢乐和忧伤。做一个单纯快乐的人，就这样地老天荒。

心安

房子放满家具饰品，眼里有些拥挤，自由走动的空间被挤走。房间变成物件的展示厅，我们也成了其中的摆设。想办法割舍掉那些可有可无的东西。清净，为我所用。原始朴素的感受从心底缓缓生出来。去一个地方，走路去，看街角，看曾经忙碌的自己，就像在来往的车水马龙里寻找我们慢慢失去的美。

各种狂欢，各种骨髓绵软，各种傲慢。

时光流转中，忧郁，艰难，自强独立。一块石头落入湖中央，风波过后，归于沉寂。祈愿能够换回一时心安，也埋下一厢情愿。

除了感动，还有什么？无趣是我们的拿手好戏，太过谨小慎微。真实地活着。让暴风雨来得更猛烈些吧！

来路

雾一早散了，冰清玉洁的一天。我斜靠在阳台栏杆，西北风关在落地窗之外，五里湖面如水银般跳跃，摩天轮上紧了发条不知不觉中又转了一圈。

我从小就有一个习惯，坐火车或者中巴车，一定要挑一个靠窗的位子。假如没有，站也要站在那个与窗口平行的位置。列车飞奔，窗外的风景变幻，像水一样流动，万物在我的身后长出薄薄的翅膀。而我的思想也如同潺潺的水流，那些美好的过往失而复得。来路眉目清楚，而未来掩藏在未知的风景里。

“春有百花秋有月，夏有凉风冬有雪。若无闲事挂心头，便是人间好时节。”活着是一件挺辛苦的事，有人找各种理由逃避。想想过去，自己不够努力，不甘心，现在后悔了；当时以为的一切，并不是一切。畅想未来吧，焦虑又爬上额头。终究回不到过去，未来也还没有来。除了珍惜现在，别无良方。有幸福就有不幸，我们的价值就在于此。鸡汤有人爱喝，也有人敬而远之。

二十世纪末，《东京爱情故事》热播，沉浸在青春期的我，渴望在现实里遇见爱情。

《东京爱情故事》对我的爱情是一种启蒙。单纯的男孩子需要一个看过世间繁华的女孩子来温暖他，两个不说话的人没有办法直接相爱。坐在一起，时间都是空白，倘若没有制造些记忆，两个人难免一脚踏空走不到未来。体味身体交流的美好那是很久以后的事了。喜欢是爱情的开始，然而爱情，每一分钟都会在心里起波澜。两个人分开，写信，见面，依偎在婺江边对着夜空的月亮发呆。我以为我吃了那么多的苦，受了那么多的难，都是为了和她一起。洗发水散发的香味糅合少女的体香是我这辈子闻过最好闻的味道，那种淡淡的奶香味，只希望时间永远停留在那一刻。最后，当她决定要离开，我完整的青春被她掠走了大半。一个失败的结局，我满腔的热情结成了冰块。

那些曾经一道畅想未来的同学，在汹涌的人潮中，彼此产生了一种比友情和爱情更为深刻的纽带，他们的故事是从乡村出走的又一代年轻人的故事。每个人闯入另一个更为广袤的世界。因为热爱，因为使命，从此穿上一身戎装，浅绿色或蓝色，让人眼前一亮。

每当孤独的时候我会仰望星空，我相信此时此刻，这城市里一定也有像我一样孤独的人，而我们仰望的是同一片星空。两个孤独者会相遇，温暖与快乐结伴而来。这或许有些不可思议，却也没有人怀疑孤勇者的真诚。世界很大，我们很渺小，一旦失散了，可能一辈子都找不着。陌生城市的勇敢气质仿佛与生俱来，等着一个个正直无畏的年轻人来受用。

离别里隐藏的人生进与退，较真与刻板，恐惧与热爱，那没心没肺的笑容，歇斯底里的泪流，是我们拥有过最美好的青春，将来会像针扎一样刺痛我们的神经。

对女人的想象，需要摆脱对旧爱的念念不忘。两性之间的爱，可以如此简单热烈。像第一次出海的人急于望见陆地。用身体驱逐那个纠缠的影子，这个让我在身体里激发对感情执着的女孩子，就像是一个心灵按摩师，一点点将我融化。后来，我娶了她。

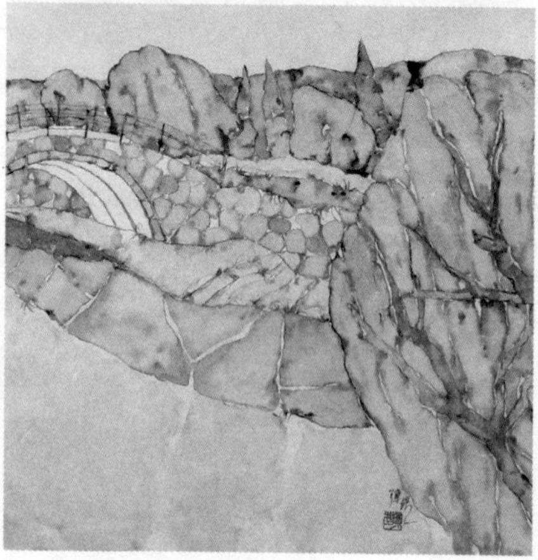

世界很大，我们很渺小，一旦失散了，
可能一辈子都找不着。

我在故乡只剩一栋房，老母亲住在里面，她和零零散散的回忆成为我心头的肉。父亲的骨灰埋在铁路边的小山坡上。他的画像和爷爷奶奶的挂在一块，他们仨始终微笑着，看着我们。九年了，我心底始终有个地方因他离开而空着，也不知道用什么去填满。

父母是我们面对死亡的最后一道屏障，如今母亲用力顶着。她成了寡妇，脾气变得不好，得当孩子一样哄着。

未来和这雾霾天一样，很悲壮，混沌一片，看不清。天命之年越来越近，真有些力不从心，也有些惶恐。青春已经散场。有些事依然没做，有些爱可念不可即，透支的幸福催着要还回去。原来一直高傲地飞翔着，但世界并不是我以为的那样，贴地飞行才可靠。每个人自带独特气质，吸引同类，选择性靠近。我所坚持的梦想，如影随形，给我曙光，照亮我前行。原本刻在骨子里的生活方式，一种自我表达，和世界的握手言欢，一种妥协。有心做时代印迹的记录者，跳出自我的小悲欢。有时很着急，如坐针毡。人生不是演出，不能彩排，也没有后悔药。文学是我身上的某个器官，心跳停止才罢休。保持天性的那一点倔强、灵性需要时不时敲打。刻意就会累，失眠忧郁结伴而来。才情是看不见的东西，于内心的井底而言，它就是曙光。

生活中固有角色一大堆，余下给自己卑微的空间。理解很重要，或者装聋作哑，嗯嗯，呜呜，呵呵。皱纹被年岁刻出来，入木三分，不由叹息，剩下的每一天都是生命中最年轻的一天了。人要往前看的，好的不好的，一概既往不咎。此刻需要把握，也为未来埋下伏笔。

南下

那年22岁的我办了一张港澳通行证，离开家乡，去最南边的经济特区——深圳。火车通宵达旦，从广州转车，一路安检边防。拿着学历证去各个职介所。一条招工讯息反复炒卖，不成功不收费，也有工厂和职介合伙起来，说是普工，其实是苦力。干了一两天你就会逃离，自然钱也退不回来。关内没有暂住证的抓到了就会被遣返户籍地。

城市并不大，一天可以走完。现在能记起的，那时公交车已经有自动投币功能了。我起先在深圳洗衣厂做普工，很快转到车队。车队人长得结实，也很憨厚，忙的时候也要跟车。洗好的布草从厂里装车，然后去深圳各大酒店，把用过的装回来，拉回来清洗。清点很关键，少了，当班的就要自己赔钱。这个差事比车间舒服多了。清洗，去污，烘干，分类，每个环节井井有条。节日旺季，通常要加班熬夜。夏天，即使白天热，晚上也要盖上被单。身上会泛出结晶体来。宿舍在高速路边，但是很快就睡着了。工友听说我是浙江人，都很友好客气。他们对上海特别向往。

我们穿着金利来的短袖，两人一组配合，直接去酒店底楼布草房。有时不到点还能躺在布草间睡一会儿，开着空调。交接的时候，双方清点件数，签单确认。日子很苦，但也容不得去想更远的事。仅凭一腔热血，我试图改变自己的命运，去了1000多公里外的广东，还差点去香港。也许就回不来了。这一段经历很少提起。它们就困在千里之外。那个22岁的青年，晒得一身黝黑，头发像顶帽子扣在脑袋上。对未来充满着希望和无尽想象。我很想回到十五年前的那个南山区，工厂是否还在，那些工友可好？那时深圳的房价才2000多元。遍地黄金，充满机遇的大都市。我做了三个多月离开了，累是一方面，普工几乎没有自由喘息的空间。后来面试了文员和酒吧DJ，留了号码。几天后，他们打电话让我去，我已经在去往上海的火车上。姐夫帮我在上海找了一份推销员的工作。我骑着一辆比亚乔燃油助力车从浦东到浦西，最远到过宝山、崇明。

礼物

尼古丁发挥失常，遥远的回忆卡在昔日的某段时光。他像个英雄，供人瞻仰是他生活的全部内容。灵魂中混沌的疼痛，内心掏空的绝望，被现实剥离粉碎。他一个人走在街上，走在自己的悲伤里。走向黑夜，离开自己，走向坟墓。他听见葬礼上亲人的哭泣声，一切那么荒谬。泪眼如注，落地寸草不生。小山村似乎忘记了他。那里，天特别蓝，树林，稻田，池塘，烟囱，在他面前一闪而过。这是一场冒险。

过去和将来荒唐不着边际。起点和终点并没有分界线。乱七八糟的，与忧愁有关。他的一生没有罗曼蒂克，只是在另一个身体里短暂愉悦。那晚的月色很美，我的童年全部回来了。一切倒着悬挂。我突然看见老房子门口的三棵柳树，一只大水缸里养着两条红鲤鱼。爬树，钓鱼，他曾经的热爱。再看看天，蔓延着死气沉沉的灰色。天空像是我心灵的一面镜子，寒冷寂静。回忆没有声音，只有色彩。失去后心里隐隐作痛，怕是永远不会回来。曾经爱过的灵魂，孤零零地在人世间飘荡，像个乞丐。还有什么可以永垂不朽？统统化作一缕青烟，人生无用。

父亲能赠予儿子最好的礼物就是英年早逝。萨特说。听起来毛骨悚然，又意味深长。

他被病魔侵蚀得只剩骨架。没有托话给我，在很长一段时间里，他在我的梦里生龙活虎，现实倒像是恶作剧，令我不愿在梦中醒来。他留下的每一件遗物，都是催泪的瓦斯。阴阳两隔，他变成墙上凝固的笑靥。后半生，我们还会以另一种方式见面。回到出发的地方，烧更多的纸钱，给他点一根香烟，诉说衷肠。多了份失落，少了份疼爱，我非常努力地还原每一个细节。两行泪，求生的欲望，永不瞑目。

800里以外，故乡的眷恋，逐年加重，好比年龄。因为那里埋着最亲爱的人。他们与土地融为一体。

我本尘埃，以光的速度坠落人间。

光

时间稀释着人生的浓度。走过的年年月月，生离死别是最大的苦痛。昨天见过的那张脸，今天也是另一种表情。每一天都是新奇独特的。内心安静下来，前一秒已不可追。刻成了回忆，盛满虚无或深刻。它们在某个地方存在。除了回忆，还有相片，文字，这些载体，更有旁人的评头论足。原本客观的东西，被各自的情感包裹着。源自内心，无法改变的一路颠簸。思想的盛宴，经不起滥用，唯梦里追寻。

曾经写下的文字，从不愿去读第二遍。不想打扰到过去，何况现实总带有偏见，它们只是过场，有些混沌，甚至是糟糕和愚蠢。不会给我带来喜悦，也不会让我难堪。过去所做的一切，并不是对当时理想的完美追求。但也会有几个闪光点，一路闪烁，折射出看不见的光，照亮自己，积极地影响着我现在的生活。

你说没有读懂世界，人生就不算真正开始。那我这四十余年的光景确实在虚度，而且仿佛过得很充实。最难的不是没人懂你，而是你不懂自己。人生每个阶段的感慨不同，如今的世俗趣味再也吸引不了我们。回忆是个随从，倦怠而空虚的日子，还是一去不复返了。就该轻描淡写它，享受为我们吹来的清风，哪里都是我们的主场。轻蔑地看待一切不完美，迎接更广阔的天地。不向人索取，不献媚，不虚荣，不激愤，不欺弱，厚积薄发，坚毅隐忍，维持不坠，真诚走心。世界吸引每个人，温文地享受人生，不让失望得逞。

写真

古人云：“身体发肤，受之父母。”人体是最美的艺术。

“吞刀刮肠，饮灰洗胃。”口蜜腹剑，小口麻药，莽莽撞撞地给胃拍个写真。侧躺，5D电影，泪水口水齐飞。这架势如鲠在喉，胃镜像蛇一样蜿蜒探索，泪眼汪汪，好痛苦，所有的记忆消失。任由白衣人摆布。时间和健康一样，都是易耗品。结果是一部完美的高清写真集，无恙无恙。那8米长的曲折往复，在我体内翻山越岭，排江倒海。血管清晰，高规格的艺术品。扔掉讳疾忌医，不让那些机器蒙尘。精美绝伦的纪录片，版权归好事披头。

肠胃一对难兄难弟，不上镜，又丑又臭，并不外露。人生留白。世界之所以完满，就在于缺陷，就在于有希望的机会，有想象的田地。境过情坚，色衰爱笃。

世界之所以完满，就在于缺陷，就在于有希望的机会，有想象的田地。

风油精瓶里的春天

生活中不能没有风油精。被蚊子叮了，它可以驱痒；头昏脑涨，蘸几滴在太阳穴揉一揉，立马清醒；鼻子不通，它也能缓解。小时候用过清凉油，圆圆的红色小铁盒，比猪油更结实，比蜡烛再温柔一些。裤兜藏不住它，它经常跑丢，要是设计成火柴盒的形状我就不会三番两次被父亲训斥。玻璃瓶易碎，9毫升，可以用好长一段时间。一个夏天，三瓶不够，我闻惯水仙牌的味道。这个嗜好和女人喷香水如出一辙。那种好闻的香水搅乱着我的荷尔蒙。

少年时我的双脚像块冰，冬夜做完作业基本靠近十点钟，钻进父母的床铺，“铁冰”一声惊吓，那个幸福的被窝早已解散。一个人睡，要把脚裹好。热水袋焐着，寒夜才不显得漫长。这会不会是一种病症，血液在身体里循环，脚指头在最远的边际。如今老母亲在800里外的家乡，床铺里垫着电热毯，房间开着空调，造出一个春天。

回忆随从

有过一段彷徨的年岁，不知如何去做，也不明白为何要做。光阴虚度得好像很充实。不是没人懂你，而是你不懂自己。恐慌一直存在。有时觉得自己不如人家养的宠物猫。它知道回家的路，悠然自得晒太阳，给自己洗脸，全世界都是它的领地。它是我眼中风景的一部分。我们大部分是跑龙套的小角色，穿现实的戏服，既没有价值又被忽视。不如宠物自信明艳，洒脱悠闲。我们可以更激进一些，因为我们会失去它。世界上所谓的奇迹，就是努力的代名词。经营好此岸的一生，才能向往彼岸花。

在人迹罕至的天桥，邂逅曾经的自己。回忆是一座城堡，已被遗弃，连一丝风也不会在山崖的树枝停留。雁过留声，渐行渐远。归根结底，我们试着用这种方式告别过去。遥远的回忆近在咫尺，像薄雾笼罩。想要抓住，它又变得虚无缥缈。回忆是个随从，主人或许仁慈，或许决绝，像写一张收据一样完结。

一地哀伤

世间的悲欢离合，荒谬又单调。在这寒冷而忧伤的冬夜，尽管昏昏欲睡。活着的灵魂，死去的腐朽思想，两个天使，背道而驰。我无法绕过它们，去看见另一面。真相，诚恳的态度，和有形世界割裂。信仰将我们唤醒，希望，占有，毁灭，我们心满意足。被遗弃的不安灵魂，离别人间。叶子飘摇不定，落在哪里，一地哀伤，我看不到它们。聆听柔和的落叶声，一个悲剧的谢幕。

天上月亮只有半个，还有半个在人间。怎么画出生动，此事难两全。人世喧哗冷若冰霜。添一丝银发，卑微也被遗忘。抚慰消失的爱，死亡的痛，编造的谎，在永恒的安定里荒唐。

斩断人世间的缠绵悱恻，还有纷纷扰扰。在纯洁无瑕的花海里裸露你的尊严。然后攀山峰，牵云朵，俯瞰生者的膜拜，对哭泣的白玫瑰无动于衷。你急着去赴美丽的梦，殊不知热闹里透着凄凉。

人世间和你再也没有牵连。谁来拨动那根思念的弦？繁花落尽，一切都不留念，你会忘了，这个世界我们曾经一起来过。

太阳照暖了脸，红彤彤的，你已不见。这向阳松柏，在岁月里悬挂诗意的孤寂。它对你的前世守口如瓶。瓶子里，今晚将装满酒醉。

厚仁镇

厚仁镇上的姑婆是黄家健在的最后一个长辈。这个曾给父亲两角钱的姑婆一直被父亲念叨。二十世纪六十年代初，他在兰一中上学，暑假的时候，姑婆把赚工分得来的两角钱给父亲。父亲用它看了一场电影，吃了一碗馄饨，买了文具，还余下来几分钱。

正月初三，父亲骑脚踏车带我去厚仁拜年，成了幼时很模糊但难忘怀的记忆。厚仁位于兰溪西乡，村中老街呈“丁”字形布局，青石板铺路，青砖灰瓦白墙的徽式风格，老字号店铺林立。中药铺，杂货铺，小吃店，那种热闹景象如今再也看不见。日军侵华蹂躏兰城，厚仁因地处偏僻，躲过敌人耳目。商贾在此地交易，百姓的生活资源得以保障。时至今日木柱上仍然依稀可见一些时代性标语。黄漆粉刷，也躲不过滚滚潮流，任雨打风吹去。

活着

“我们讨论他人的死亡，落脚点未必是他人的死，而是自己的生。”

生无可恋，是妥协，抗争，还是做了光明的引线。相对于生的苟且蝼蚁，他们格格不入，生活在虚幻里，追求的，都是他们不想要的，或者说没有丝毫用处。他们觉得世界满目疮痍，毫无秩序，缺陷被无穷放大。

时代的悲哀，个人的不幸，怎么做得到一笔勾销。我们应该“习惯任何人的忽冷忽热，也要看淡任何人的渐行渐远”。

我们要活下去，怀着敬畏。吃着，睡着，爱着，哭着，生要延续，失去的一切会被遗忘，死也是微不足道的事情。很谨慎地，压抑，有时是恐惧，在我梦里翻来覆去。它们和现实保持遥远的距离。

我在城市广场看见春天的开始。“一树独先天下春。”而阳光那么艳丽，仿佛一碰就会碎，如果用上黑白镜头，画面染上一层怀旧色。栖居在丹青水墨画中，只愿长睡不愿醒。阳光走过的地方，再远再深的美也显山露水。早梅芬芳馥郁，朴素淡雅。一阵风吹过，抖落一身的香。

突兀地离去，天人永隔。像针一样扎痛生者的心，活泼生动的一个人，闯出我们的世界，沉入永远的寂静。任凭多少眼泪都哭不回。那是不可否认的事实，冰冷的墓碑无情地挡在我们面前。死是残酷的，我们宁肯相信那只是睡着了而已。悲伤任由时间剥离，断了又生，生了又断，无穷尽。结疤在内心深处。我从来不相信命运。对这不测的人生又感觉无力，奈何不得。人的能耐是有限的。也许真有定数。死也不过是一个新的征程。我们没有到过，也难免不会相信那是一个极乐世界。也有阳光，也有美酒，也有故人。漫无边际地思念，墓碑上永远的静寂。用香烛、纸钱来化解。变成我们的前世今生。我们对万物都有信仰，他只是早早投入了另一个世界。解脱了，没有讯息，只留给生的人无穷回忆。人生在此转了个弯。

每一天都是新奇独特的。

照亮自己

春天万物生长，气象万千；青春随心而走，各自安歇。生长出来的回忆，我们眼前的绚烂，拼凑出一个无限接近完美的圆。现实里挽留不住，心里依旧存放。希望总在我们左右不离不弃，源源而生，得偿所愿。

时间稀释着人生的密度。那么多年年月月，生离死别是最大的苦痛。物质上的欲盖弥彰，仍然抵消不了。泪眼滂沱，对生的眷恋，无语凝噎，刺痛人心。昨天见过的那张脸，今天也已完全不同。每一天都是新奇独特的。内心安静下来，前一秒已不可追。刻成了回忆，盛满虚无或者其他。它们在某个地方存在。

另一种可能性

女人心态坏掉的时候，坐在那对着空气埋怨。生活，诗意的，如不羁的风，如果你愿意。经历过的事情，在时间里风化，真相露出来。有多少人会对自己的生活满意呢？财务自由，体面和尊严，都不能百分百保证，生活预留了那么多 bug（漏洞），不更新，无法前行。

女人喜欢看电影，老是怀念电影院。因为电影是人生的另一种可能性，它延长了生命的深度和长度。日有所思，夜有所梦。热恋期的男女，怎么能少得了电影院的约会。即使在单身时期，那些陌生的并无交集的观影人，好像也是黑暗里同舟共济的人。那些渐渐熟悉的演员，时间在他们脸上不留痕迹，倒是镜子里的自己令人唏嘘不已，一脸沟壑，华发丛生。曾经感动过自己的台词或精彩瞬间，往后都靠他们勾勒起所有和生活苦痛快乐相关的回忆。

消毒液

待在家里什么都不做，蠡湖的风依然那么急促。人潮汹涌，有太多的交集。呼吸一口有你的空气，也可能再也无法回头。手机像八爪鱼一般触碰这个世界，不小心打开暗盒，我能把自己照顾好。在荒地上挖一个坑，播下各种色彩的希望种子，填埋的土地就不会变成废墟。

这个夏天充满某些不确定性。身体出现过短暂的过激反应。那些雕虫小技，把自己往悬崖边推。

到底适不适合堆砌文字，有时觉得过于自信，它竟然可以印出来，堂而皇之地售卖。现在想改变主意已经来不及，可以写得更好，改得更有品相。编辑审视它，抡起大刀砍，这里突兀，那里蹦跶，实在经不起推敲，晾着再说，我实在想不出还有什么可乐的结局。

墙角孤零零地立着一瓶 84 消毒液，生产日期显示为 20200129。那天是正月初五，是从老家接母亲来到无锡的第二天，也是她和孙子们最长一段幸福时光的开始，当然婆媳之间的磕碰也无法避免。这三年，回忆里 84 消毒液的味道挥之不去。

我口讷，一紧张脑子就短路，时常觉得当时没发挥好，事后可以对答如流，可是对话者已经不见踪影。毫无压力的交往让人感觉轻松，很自在。可以不放在心上，又始终在心上。

太太身段纤瘦，不论什么衣服到她身上都光彩照人。她买了新衣服总爱在镜子前显摆，然后在我眼前晃来晃去。凑过来问：“好不好看？”我不假思索答：“好看，简直是为你量身定制的！”我曾经说过不好看，结果连点了三天外卖。细看那一袭华丽的黑丝绸缎，腰间别着椭圆形装饰物，我理解不了设计师的心思，脑壳忍不住往“非诚勿扰”女嘉宾腰间的序列牌联想：“男嘉宾的心动女生是几号？”

大城市蛊惑乡下年轻人的梦，你尽可以攻城略地。那个梦里没有我。女人的心已经毫无保留地奉献出来，那不是她的光辉岁月，现在才是。

“我结婚辰光就穿个戗驳领西装。料头是全毛华达呢个。”三个女人抬一个施先生，他扛不住了。

穿了多年的牛仔裤终于烂了，不像年轻的时候耍酷，膝盖处故意要割几个破洞。路边草丛里，潜伏着一群雌蚊，车窗户摇下，我这只独宠就成为它们的攻击目标，风油精抹了半瓶。

往事如烟，浮生若梦。我写下这些字，你读完这些字。天地万物为刍狗。太湖，惠山，一直在那里。月亮也一直在，照着他们，即使你、我都不在了，一切仍在那里。

“让无力者有力，让悲观者前行。”我就是那个无力者和悲观者。对生的希望以及对梦想的坚守从未与年俱老。

诗人北岛有诗云：“那时我们有梦，关于文学、关于爱情、关于穿越世界的旅行。如今我们深夜饮酒，杯子碰在一起，都是梦碎的声音。”

高中时，语文老师王犁刚《南方周末》不离手，直接筛选素材供我们写作。他血性，刚烈，如今在回忆里特别耀眼。金宇同学还原王老师的档案：人大毕业的高才生，参加过抗美援朝，是长津湖第9兵团的通讯兵，在朝鲜战场上立功三次。他放下狠话：“你要想学会思考问题，学会写作，你就先把《鲁迅全集》啃下来……”燕子在高中同学群直播了她们几个拜访王老师的温情画面。听到了暌违已久的王老师的声音：“同学们大家好！我现在还在世界上，是个十足的纸老虎，表面看看很好……”气色不错，他的眼里依然有光，“老顽童本童”无疑，真让人忍俊不禁。节日像是一张返程车票，令我心里发痒，恩师、故交、挚友、想见的、能见的、只剩怀念的，心里有一份秘不可宣的名单。

很多想法热烈而不计较后果。可不可以不要去想它们，感性是一种病。日子像一张人生背景图，不要急着去撕扯，一个个会站到台上来，充斥你的人生。不到那个点，就不要站在那个位置晃来晃去。多一些顺其自然吧。未来有很多可能性，现在也未必是不好的存在。

恕我冒昧，尚祈惠示。驷不及舌，悔之已迟。

长子总是拿猫的表情包来斗图。猫的独立和忧郁气质特别吸引艺术家，毫不夸张地说，成为艺术家的第一步就是养只猫。

往事

奶奶在樟树下摇着蒲扇，她粗糙的左手轻拍着我的脊背。就那几秒钟，我被自己的呼噜声惊醒，灵魂被人动了手脚。

从陌生到熟悉，一个小时远远不够。编个小笑话，取悦一下陌生人，我做不来。过分的要求我会很委婉地拒绝。

越是恒久的东西，越没有杂质，就不会沦为把玩的对象。哪一种是飞上云端，哪一种又是坦诚相见，只能烧到岸边，中间隔着一条河，所以它们安全。

北方来的暖气，南方很受用。

文字扎下根，它们哪里也不想去，就在口袋里自相残杀。蹦出的遗珠，散落在内环高架上。隧道动了惠山的真脉，有一段时间的沉沦。拱顶上烟熏的炭迹，藏着不可言说的往事。

有人说眉心有痣的人擅长搞艺术，或者说有艺术天分。我那颗绝不是娘胎里带出来的，而是后天变异的结果。父亲右嘴角有颗痣，大姐左嘴角也有一颗，承蒙父亲，让大姐这张脸多了辨识度。

完成 1000 字就罢休，所以习惯成了长篇大论的终结者。每个字都有灵魂，这一千个灵魂之外还有无尽的灵魂，无从下手，它们自顾自飘逸。我的不羁戴上紧箍儿。那些闲情不再围着键盘，我体内的精灵失去了个性。有些话现在不能说，将来不确定有没有说的必要，那就闭嘴吧。遮遮掩掩，顾此失彼，空气一般。

我忍受不了这种拖拉和柔性的做派。

有几秒钟，恶棍和天使合二为一，几个高难度回合，一把擒住，双手托住。放开邪恶，我也一起坠入深渊。拉它尾巴，继续来纠缠，你的一只手牢牢抓住山峰，放手就会愤怒。请不要停，谋求独立的精灵并没有投降，多给点润滑剂，让弹膛的锈迹消失。箭在弦上，浪潮退到三公里之外。狼吞虎咽般补充能量，准备好随时可能反攻。

故乡

两个孩子，一个在上海出生，一个在无锡出生，家乡话来不及熏陶，他们和老家的关联只剩籍贯栏如实填写的“浙江兰溪”。

生命的源头——兰溪，对他俩而言是很模糊的概念，满眼生疏。无锡，生于斯长于斯，却如漂萍。我和爱人走出小城，走出浙江界。我们依然使用老家方言，他们似乎天生听得懂，但不愿意学，对待无锡话也是这个态度。

隔阂与生俱来，漫长的疏远，迁徙的结果。乡下的人渐渐失去了土地，不再追逐太阳，日出而作，日入而息。孩子们面临故乡的隔绝，故土的归属感被淡化。他们现在感觉不到，我也不是难么强烈。有土地，就是故乡。老家的房子在，我们就是那儿的人。父辈们，我们这一辈，孩子们，最后难逃失散的命运，要把根留住。距离的横亘，长辈的过世，故乡开始模糊，它慢慢退回到我们心底。内心不能荒芜，故乡是我们的来历。这条线，有据可查。

内心不能荒芜，故乡是我们的来历。

姐夫特意从上海给父亲捎来一件长款军绿棉大衣，父亲脸色铁青，把它扔到一旁。它从没有被父亲正视一眼，后来也不见了踪影。我在祠堂看到过这样的棉大衣，挂在一张竹椅上，仿佛有人穿着它坐在那里纹丝不动，而旁边就是棺材。对父亲而言，它像是一件寿衣。所以，冷冷地拒绝它。父亲后来躺入冰棺，竹椅上挂的是他常穿的“的确良”外套。

我的理智时常竖立着，我安慰不了它们，它们有时会很疲惫，而不会将感受传达给我。我要保持这份热情，每天呈现一千个精灵的集体梦境。

赏花，看人，在风景里被人阅览，沉浸在生生不息的人间烟火里。

无药可治

儿子偶尔流鼻血，像汩汩从我身体里抽走一样，害得我整个人恍惚。我小时候体弱多病，好像是村医的小白鼠，打各种针，吃神经衰弱的药。写日记治好了它，我找着那个缓解的药方。我认为自己与身边同龄人不同，不全部是优点，也可能是包袱。孤独，傲慢，自信，坚定，它们变成我身体的另一种病症。会随着我的肉体消亡而停止发作。对此，我深信不疑。

一墙之隔的路人，不由自主地挥动双臂，快乐的气息可以传染人。华清大道的非机动车道上，密密匝匝的电动车，每个人口罩遮脸，往各自的归属地。建筑工地围墙外刺眼的黄色安全帽聚集着，大门没有开，他们的背后拖着一家老小。绿化带里的老人们，他们的衣服和绿草一个色调。城市为每个奋斗者的梦想留足栖息地。我的祖先在 800 里之外，曾经脸朝土背朝天。时间流过一百年，这一切都不在了。我的文字沉睡在泥土里。几乎没有来过一样，大地却依旧慈悲。

看着人潮涌动，每个人的内心都有依靠和信仰，每一天在阳光下穿梭，有自己的目的地，夜晚又倦鸟归巢。我只是看到表象，将自己的浅薄强加给芸芸众生。想象着我的孩子，在生活里吃苦受难，被命运按下高昂的头颅。悲观的人改不掉思维逻辑，我自己落得无趣，别人滋润着、幸福着呢。

重回故乡

家里的老宅，常年由铁将军把守。爷爷奶奶，还有父亲看管着。他们的笑容定格在墙上的黑白相框里，所有美好的回忆尘封在这栋白墙黛瓦中。故乡对我来说，只剩房里装载的回忆，有些随季风从四角天井飞走，每次回来我都要贪婪地带走一些。老母亲大部分时间住在上海的姐姐家，近年来一直喊着要回乡下老宅居住。我们姐弟俩离开家乡多年，会在清明或冬至不约而同地回乡扫墓。幼年记忆里的稻田里长出一栋栋厂房，毛巾厂，橡胶厂，冶炼厂，大烟囱冒着灰色的烟。村里人大兴土木，把空房子租出去，家家户户过上了小康生活。城里有的，乡下都有，城里没有的，乡下也不缺。头脑灵活的村人，搞个加工厂，产品送往义乌，销往全球。有钱了，村里人开始重视教育，出国的趋之若鹜。

故乡生我养我，在花花绿绿的世界面前，她并不起眼，甚至显得落魄。而年轻的心总是傲气多一些，青春要用来追逐的，城市才有我的梦。无论我飞多远，我都可以回来。实际上，这只是我的一厢情愿。我和故乡如同一对再也不能复合的恋人。我心里有她，却不能长相厮守。我重回故乡，她已经面目全非，不再是我梦里的模样，故乡俨然成了他乡复制的赝品。那些久违的名字刻在集体公墓的墓碑，那里也埋葬着我的祖先，我见过的只有爷爷奶奶，我最亲爱的父亲也长眠在那块土地。他被病痛折磨，求生的双眸噙满泪水，而我束手无策。故乡养育了我，也夺走了我深爱的人。而我百年之后，恐怕要睡在老父亲身边都不能如愿。故乡两个字，令人惆怅的字眼。我回来了，山川河流没有应答，大地也没有回应。我成了异乡人，如此狼狈。

故乡已经回不去了，她刻在我心里最柔软的地方。即使我回到她身边，彼此都不是原来的样子，我们之间隔着岁月的沧桑。我的灵魂在故乡找不着依靠。我不认为自己是个寡情的人，故乡依旧盘踞在那里，我的归来，她不悲不喜。

最美

人的一生会有三次遇到，第一次是凑巧，第二次还好，第三次是命中注定，逃不掉的，也没有办法逃掉。

从一个地方的明丽艳阳走向另外一个地方的阴霾多雨，人生经历了不同的选择。有些选择以后，便是一生了。多像一个人影响了另外的一个人。有些影响和追随有关，有些影响和爱恋有关，而有些影响仅仅是自己认为的真理。人的一生是短暂的，人的一生又是漫长的。在这样的生命中，很多人都如流水一般流过你的面前，没有留下丝毫的波澜。而有的人注定会成为你生命中的惊喜。

倘若一个人的生命中没有意外的惊喜，人的一生活得该有多么无趣。

有时候在想，以后你会不会怪一个人，怪他迷乱了你的双眼，怪他迷恋了一个人的心思，怪他所有的好和不好，不敢想象。那个人希望所有的一切都像刚刚开始一样美丽。不要怪他，他也是一个人的孩子，一直一个人，那样婉约地冷傲，只不过想要寻一个温暖的怀抱，一个愿意倾听的人而已。

相遇很美，就像夹缝中开出的小花，美艳了两个人的生命，它可能会夭折，也可能像雪莲一样坚强。面对生命，它向来积极。

长此以往，我们越来越接近彼此的真实，哪怕荆棘丛生，偷偷把它剪掉，依然会长出来。

父亲去世半年后，墨姐夫的父亲也撒手人寰。两个亲家公都是烟酒的“朋友”，年纪相仿，又都是兰溪一中的高才生。无奈出身不同，命运也不同。一个物资局内退，一个粮管所买断工龄，同时代的苦都没少吃。程家乃药材世家，到墨姐夫这代败得差不多了。墨父断气前给墨母留下一句话：“老太婆，我对不住你！”然后头一歪闭上双眼，躺椅还在空气里晃。父亲走的那刻，静脉输送的药水已经反流，手腕处的被子湿透，血水渗到棕板床下的水泥地上，很大一摊，半个月才干透。父亲的眼睛直瞪瞪地看着我，几个小时前他对我说：“快送我去医院，找毛医生！”然后他嘴里一直说：“怎么这么热……”实际上空调一直开在 18℃。

我经常因为不能给母亲尽孝而自责，就连电话有时难免都会接不到。我并没有尽到赡养的本分，金钱弥补不了我心底无尽的愧疚，陪伴才是，坐着一起吃饭，说家族里的长短才是。

每天醒来，太阳照常升起，夕阳西下，月亮依旧爬上来。随着年龄增长，我身体的颓败也在增加。即使老家的房子在燃烧，我也只能远远看着，它在某个时间点一定会坍塌，我注定无家可归。那团怨火眼泪浇灭不了，太湖水解救不了。只有换一种生存方式，才能回到母亲身边。可这样的决定，并不好下。孩子们冒出来了，他们在这块土地生长。要丢掉一个圆，重新找回那个原点。

有很多东西隐藏在文字背后，我自己也无法说清楚，只有懂的人才能读懂它，那些弦外之音才会有计可消。

我的梦里经常浮现这样一幅场景：那个养我的小村庄，几十年过去，只有先辈守在那里。他们迎接一日又一日的沧桑，公墓扩张引起土地的紧张。那个盒子是他们最后的归宿，留给这个世界唯一的线索。文明通过水泥路，扎着网线的电线杆来到村庄，相当于打开了一扇窗。有人病倒，有人死去，坟场里又立了一块碑，那是我的老父亲。

村庄依然年轻，对我而言，一切有头没有尾。

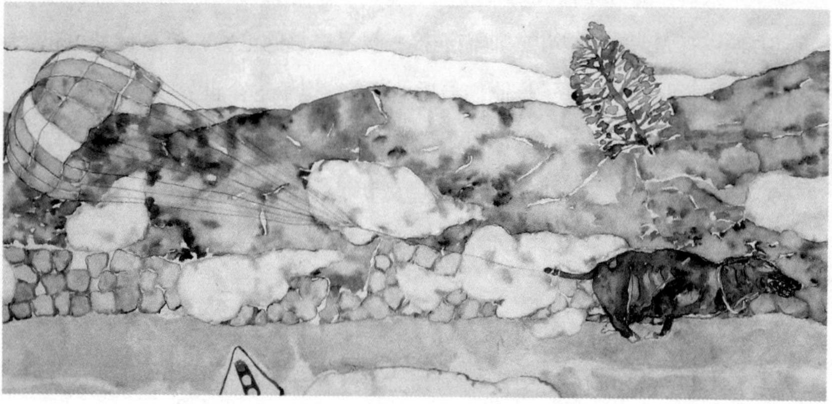

生活也不都是风花雪月。

接班人

父亲走后，人情来往的请柬上的抬头不再是他，而换作我的大名。旧地基上立起来的新房一年也住不到一个月。血气方刚，做事的方式难免偏激疏漏。这是一扇可看性很强的窗口。在农村这个密密麻麻的价值形态体系中，造房子，婚丧嫁娶，红白事，都有其行事规则，有一股难以名状的暗流。生活也不都是风花雪月。

第五部分

断章呓语

难以写出连贯的文章，都只是断章。

风声

小区的绿化带成了流浪猫的“伊甸园”，有好心业主给它们食物。可它们依然提防陌生人靠近，毫不夸张地说每走十步草丛里就匍匐着一只猫。我蹑手蹑脚地带着歉意走过。我不讨厌猫或者狗，我相信人和动物相处久了彼此会产生依赖。

一只受伤的喜鹊飞进了寝室，这是南京的吉祥鸟。被搁浅的青春，他们有种同病相怜的苦涩。那鸟肥嘟嘟的，又有些受到惊吓的样子，蜷缩在墙角，并在窗台画了两幅水墨画，臭烘烘的。孩子们找了废弃的纸盒，偷偷养起来，好吃好喝供着，它逐渐放松了戒备。养出感情没几天，它突然不辞而别。难以辨别天空中飞翔的哪一只是它。也许本是一只负气离家的喜鹊，幡然醒悟后重回自己的家园。

等公交车的间隙，有个裹得严严实实的中年男子从我身边走过，他正向手机里的人发表他的高见。风走漏了风声。

难以写出连贯的文章，都只是断章。生活有些安逸吧，所以感受彼此孤立。

期待

文字替我记住生活中的部分，更多的散落了，或者不想再触及。心里建立的秩序软绵绵得要倒塌的样子。

计划好的没有达成，撕碎了我的构想，短期内难以恢复。内心有时很脆弱，一点风言风语或是冷嘲热讽就令我震荡。有鬼魅在我心里不羁，谁招惹它，就会窜出我的身体，我控制不了这个魔。

没办法。会看出一些真实的东西，也就那样，谁都不要把自己抬到那么高一个位置，不小心摔下来相当狼狈。想洒脱也装不起来，有些事说起来无地自容。把想说的话，逆耳的，尖锐的，不合时宜的，渗透一些出来。

写作不仅是消遣，更有道义与真相的担当，虽然我还不能捏准七寸，只能代表浅薄的自己。

要让自己快乐一些，内心的坚硬不是冬天来临的结果，春天已经不远。

寄生虫

枕边的“瓷娃娃”像个随时准备搏斗的刺猬。我快要爆炸了，一个自我毁灭的过程。

有时觉得自己是寄生虫，已经不配拥有梦想，它太不现实。

身边躺了一个呼吸急促的人。鼻塞，咳嗽，这婚床像是一张病床。我的睡眠受到了牵连。抗病毒颗粒，消炎药，她吃药医治自己。病毒慢慢撤退。我说我才是她最好的感冒药，可以帮助她出汗，她踢了我一脚。

牙齿松动，视力模糊，腰板有些硬，脖子像是插了一根针，我的身体给我发了好几次警告。

住在八楼，对一楼绿化林的拔高感受不深。修剪师一年忙几茬，它们这几年好像营养不良似的，我经常靠着窗台俯瞰它们。前一阵子全部绿油油的，在我眼前晃，两晚后，有几簇冒出了金色的桂冠。一个冬天，诈出了叛徒。如果下一场雪，才不分彼此。冬天再深入一些，它们落满地，枝丫光秃秃的，萧瑟无比。然后在春天重新披上绿色盎然的外衣。四季原来就在窗前，在我的眼皮底下。而大剧院，蠡湖大桥，摩天轮，离不开五里湖的润泽，它们一起出镜。

两个人站在室外讲话，像是一对刚烧开的茶壶，互相吐着气。我的耐寒力并没有随着年龄增长退化，反而更加热气腾腾。白天能看见阳光，它们印在树叶上，一天一天向时光深处蔓延。有规律的生活，杂念也不来敲门。倒是院子外的俗事，手机里的通讯录，要来牵制我。

我准备了很多台词，软绵绵的，给彼此一个台阶下。

呓语

不要试图去拆开一个人的心思。年轻人谈恋爱，爱而不得最痛苦。她对你的礼貌并不是好感，想多了自寻烦恼。理智的人谈恋爱没有滋味，如同一场心术较量。

没有系统的语言，也说不好，只是那样以为。

胃有时候也会闷闷不乐，大概人郁闷的时候，体内的郁闷因子会跑到身体各处作乱。冰箱的作用就是冻住它活跃的思想，准备一些口粮，水果多一些。其他的也不太合适，越上年纪对食物的需求越看淡，粗茶淡饭足矣。

望乡

昨晚飘起碎片雪花，大小无规则。以为早晨起来可以看雪，结果失望透顶。朋友圈有的地方积了雪，在无锡的北边，有人满足地抓住了落雪的影子。南方人见雪就兴奋，北方人要嘲笑这种矫情。

惠山白了头，露天停车场过夜的车上也留下了薄薄的一层，室外两三度，不适合雪花生存。气象预报越来越精准，冬天没有雪，寒冷和萧瑟只是秋天带不走的伤悲。余华的散文，也是除夕一道可口的开胃菜。写小说的高手回过头来写他的非虚构人生，读起来畅快，一字不落地一行一行追着跑，不用过度用脑，愉悦感灌满全身。他曾经也是个牙医。这让我想起为我拔牙的粗鲁的钱大夫。

母亲和二姐夫一早忙着杀鸡，点着了柴灶，炖刀肉，切白切鸡，蒸肉圆。家里谢年，去殿堂烧香，去公墓请祖宗。倘若回家，这些仪式都由我们来做，两个儿子走在队伍的前面，熟悉这条上坟的路。这条路印在他们脑海里，这是条认祖归宗的路。对我而言，那里是我人生的起点。

开小差

做家务的时候，思想绝对不可以开小差。有好几个碗从我手里滑落，瞬间粉身碎骨。一只碗代表一万块钱，按老父亲的说法，我已经失了不少财。我弯身捡在卫生间地上的换洗衣物，脑袋开了小差，头猛烈地撞击门槛，痛了一下，也没有星星出现，狠狠地骂了自己一句。人头上为什么不长一只眼睛，虽然会变成怪物但是实用，最好后脑勺再长一只，前后可以环顾左右，上可探天，戴上黑色眼镜，不怕飞鸟有意或无意的炮弹。这是笨人给造物主提的非分要求。其实两只眼够用了，背后有眼光，躲不掉不堪入目的丑陋，眼不见为净，人心容量有限，装不下太多。头顶开了天眼，风雨沙尘，理发，揉眼睛，都是个问题。

“无锡男人疼老婆出了名的，家务活包揽，工资卡上交。自己才可以说她，外人半个字都不行。老婆就是他的脸面，说她不好就是赤裸裸的挑衅，要红脸出汗的。”“浙江男人，不能嫁的，大男子主义。”

电梯里两位阿姨扯闲天，我本想反驳，还是忍住了，这不是往枪口上撞嘛，我承认我有大男子主义，但从不会写在脸上。

亲爹都看不惯了，那就揍呗。

生活像是一个铁锤，它随时会砸下来，让人粉身碎骨。

我花在孩子身上的时间，远不如扑在写作上的。以至于他们在电子游戏中堕落，蒙蔽在狭隘世界里。我这几年失去了什么，又得到了什么，无法计算。再过几年，天命难违。妻子天真地说：“我们要是中个500万大奖就好了！”可是每次路过彩票站，我都懒得朝里望一眼，更别说掏腰包，我知道自己没有那么好的运气。

陆地上的树枝茂盛庞大，地底下的根绵延不绝。我只能在一条固定的生活道路上行进，有一点偏离，血压就会飙升。要将我吹成气球，往天上飞去。

蒲公英

有人的地方就有烟火。

为了找一家面馆，汽车导航将我带到这个街区，路口弥漫的油麦香如同酒鬼拧开瓶盖的珍藏。我的目光被嘈杂声吸引，此时此景我在哪里见过，800 里外某个小县城沿河的某条古老的街巷。我往街心走着，后面有一群人跟着，我一转身他们立马消失不见，仿佛是错觉。五湖四海的口音混杂，炸裂在空气中，被油麦香包裹着飞不出去。他们在这边谋生，后代在这里长大。他们像蒲公英一样，随风而行，落在理想的土地。

人不会两次踏入同一条河流，但我可以去不同地方吃同类一碗素面。在低欲望面前，我更渴望找到心灵的港湾。

想象出来的世界在现实得到线索，它在我触及不到的远方。在另一个时空，那里有一扇门为我预留着。

有人的地方就有烟火。

虽败犹荣

人要有理想，看得清现实，经得起风雨。那些怀揣梦想的年轻人，在梦想破灭后最后都去哪儿了？

人到中年，唯一可以保留自己棱角的表现方式只剩文学了。

花了很长的时间重复自己。走过不同的地方，情感和本能控制着方向，理性少有用武之地。

父亲的身体被棉絮裹紧，随后被推进火化炉，五十分钟后推出来一堆灰，还有几块稍大一点的发黑的骨头。装骨灰盒的时候，那几块骨头放不进去，工作人员拿起一把小榔头，一点点敲，直到全部敲碎，再铲进盒子里。

“离婚对亲戚最大的好处，又可以吃喜酒了。”这句话出自我的父亲。他和母亲吵吵嚷嚷一生，以他退出完败，当然母亲始终没有赢过。

沉默是金

人有两只眼睛，两只耳朵，一张嘴。就是要多看，多听，少说。沉默当然也不等于无言。只是火候未到，还没到发声的时机。沉默当中保持思考，积蓄能量，是石头提炼金子的过程。真的一窍不通，却口若悬河，遭人诟病，不识好歹。沉默要有底气。不是真的不说，而是一种修养，一种善意。也不是装聋作哑，发声就意味着担当和作为。能说而不说是一种境界。而那些沉默是因为恐惧、怯懦，在淫威面前，在暴力面前，在黑暗面前，这是一种自我保护。鲁迅先生在《记念刘和珍君》中说过："沉默呵，沉默呵！不在沉默中爆发，就在沉默中灭亡。"都是岌岌可危的。马丁·路德·金的至理名言："在这个社会转型期，最大的悲剧不是坏人的嚣张，而是好人的过度沉默。"不是没有谎言，而是让人敢说真话。不是没有问题，而是可以有效解决问题。一个病人，病入膏肓。把他的嘴堵住，他不能发声，不喊出来，就是没有病。这样的冷笑话你也一定笑不出来。堵上耳朵，捂上嘴巴，于事无补。禁鸣路段，是因为你的自由影响到人家的自由，沉默有理。其他路段，善意提醒，该响就按喇叭。这是你的权利。

上帝永远是沉默的，金口难开。他知道你行，所以无言。如果你不行，多说无用。

拔牙

几分钟前，他直接上来就在我的牙床扎了针麻药，动作极其粗鲁，我喊痛，他喝止了我："不要叫，就一会儿。"他给我嘴里垫上棉花，好像过了很长一会儿神经才开始失去知觉。他用镊子、尖棍（我叫不出工具名），捣鼓几下，我昂起头将嘴里的血水吐到一旁的水池里。棉花的挤压，血水的腥热，我能感觉到。棉花血团里裹着黑炭状碎片，妻子说上面连着肉疙瘩。伤口有点大，要吃几天消炎药。他抹了云南白药粉末在上面，然后麻利地用消毒液清洁现场。门外有人敲门，钱大夫喊他在外面等着。这是我在钱大夫这里拔下的第二颗牙齿，他和妻子曾经是同事，妻子对他的技术比较认可，他每次只是象征性地收点费用。钱大夫牙科诊所在附近这一带还是很有些名气的。我的同事前两天去某牙科医院，拔一颗牙前前后后花了2000多元。

两小时内不能吃东西，麻药失效那会儿，伤口有种钻心的痛，身体感觉有一点冷，回家吞了两片消炎药。到点后煮了一锅青菜粥。

半张脸吃饭，半张脸配合，它们无法分割。舌头去舔伤口，毛茸茸的。

妻子在药房工作的这段经历，激发我写出那部至今没有出版的新作品。心里一直不畅快，事情不了结，在写作上好似有个芥蒂，不能顺利进行下去，那些精灵莽莽撞撞，一点也不听话，好像造反了一样。

危险

太湖最深的地方五六米，平均只有 2.8 米，野泳者对自己的水性太自信，却极易发生危险，“水鬼”经常不会空着手回去。溺水后尸体最先沉入水底，夏天，15 个小时尸体就会浮上来；冬天最长的要十几天，体内腐败气体的发酵需要时间。蠡湖野泳者，不识水深浅，往前一步可能是个潭，五六米深，意外和悲剧就在一瞬间，而黄金急救时间只有 4 分钟。

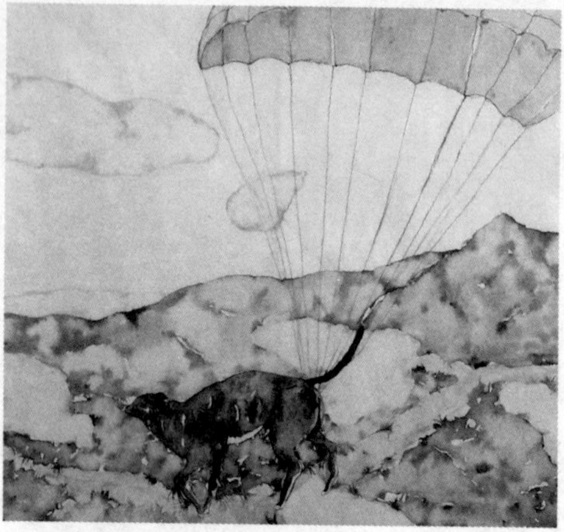

文字表面覆盖着日常生活，骨子里是关于人生、关于梦想的深层次探索。

默契

大剧院东面正在建一座高楼，占尽了天时地利。萨克斯忽远忽近，从五里湖对岸的剧院广场传来，氤氲着我飘忽的思绪。三个背包，占据身体的三分之一，她们与我面对面走过，流出韩语的对话。

湖风拂面，鸟语和刀锯声在我的耳朵里和解。樟树下的靠椅收留了我，棕红色的落叶往木栅道的缝隙里钻。我抓住一片落叶，它像一叶扁舟，像奶奶手中摇摆的蒲扇，经络分明地向两端并列散开，尖尖的叶头像被烧焦一样。树干伸向天空，红色的，绿色的，光秃秃的。原来春天也有落叶。

翻手机通讯录，拨通了老同学跃军的号码，还没开口，彼此在电话里哈哈哈笑出声来。这种默契仿佛与生俱来。要下雨了，地上的蚂蚁匆忙赶路，我手里攥着几片落叶，加快脚步离开。

那些熟悉的面孔一个个埋到地下，从村庄的记忆里除去。多好的，多坏的，一个也不会落下。

文字表面覆盖着日常生活，骨子里是关于人生、关于梦想的深层次探索。剪断束缚翅膀的绳索，像海燕一样起飞，去往大海的任何地方。

和风，雨露，阳光，我们所追寻的美，成为我们毕生的事业。

朱先生拿起相框说："以后我死了，就用这张 10 寸的当遗照。"女儿赶紧打住："你多年轻啊，那是很远的事了，你可要健康长寿的。"

接受世界的改造，然后发发牢骚。与生俱来的批判和怀疑精神已经驻扎在体内。连自我都怀疑的，还会对什么虔诚膜拜呢。

将 30 多万字的草稿关在笔记本电脑里，在心里给自已一些暗示，可总是提不起兴致。好文章是改出来的，过几天又会有新的思路，它们只是毛坯，可以任凭自己打造。生活一天天向前，文字又在后面追着，昨天的，或者此刻敲打的都可以归到这第三部集子里。新书名字太长，我希望是四个字的。打开文档，像见着老朋友一样，或请或留，尊重原来的情感，还是一味地推翻重建。

两支笔，保留两种真相。是现实无能，还是地狱的黑暗无边？

摇摆

我做了一个奇怪的梦。

我的面前挡着一堵墙，拦住去路。此刻我成了一匹被束缚的绿马。真有些不可捉摸。

整个人陷在里面，没有理智的判断。就这样焦头烂额，没有别的出路，直到意志消耗完。现实是偶尔清醒，偶尔沉沦。

我是那个脚踩两只船的人，一边安定，一边摇摆。

他走之前嘱咐我把电脑关了，说让它休息休息。他原本对机器是没有温度的。

我确实不知道开机密码。

有瘾

云层堆积天空的早上，扒开窗户，小区一楼公共晾衣架满满当当，就连旁边的健身器材也被占用，花花绿绿，找不到一件重样的。我带了一根绳子，几个夹子，去晒场拉领地，总能见缝插针。阳光不会厚此薄彼，它的眼皮底下潮湿无处可逃。

手机可以连接无穷的世界，个人的喜好、潜意识都能找到照应。书架上那么多书没有读完，又来了新的上榜书单。买书有瘾，占有欲在新书面前最赤裸，好像不带它回来就会永远失去它。

男女吵吵嚷嚷之后，一切归于本真，看清生活真相，依然热爱它，那么他们的爱情在经历现实藩篱后，各有归属，将牢不可破或者劳燕分飞。

人定胜天，还是尽人事听天命。不同人生阶段的悟性有深浅。

他在我背后立定，子弹上膛的须臾停顿，叭叭叭，我的耳膜受到惊吓，对方还击的声音，然后火力加速猛攻。两个人吵架犹如爆发的一场战争。谁也不服输，子弹打光了才安静下来。

巧克力夹心饼干，甜腻到忧伤。说不出的混沌感，记忆会在某一刻卡壳，弹夹里明明有子弹，它就是打不响。前方白色的一片，是糖吃多了心里有些忧伤，还是人没睡醒，时空褶皱着，没有扯平。

前半夜两块绝缘体，后半夜两块吸铁石。爱河里起波澜，才会心花怒放，摇啊摇，摇到天亮。

耳鸣

商场黄金柜台前挤满了顾客，很多人把心仪的首饰买回家，怕断货似的。我去加油站加油，每升降了 3 角，心里美滋滋的，又可以多开一点路。

“连你都这个样子，班里我还能指望哪几个？”听上去是批评，又有点赞美的意味。老师处处维护他的自尊。他小聪明多，任由自己性子来。原本可以更好，时间精力错放地方，成了老油条。耳朵更是成了一对漏斗。

耳朵里发现了煤矿，有人日日夜夜在挖。

很多文字像是掺了水的二锅头，提炼出来也不是原来的味道了。

线索

市里的停车位要看运气。他在公寓入口用手机扫描墙上的打印纸，旁边吐着烟圈的保安眼珠都没转一下。两架电梯爬升爬落，停在七楼，一股尿骚味从电梯口的卫生间冲过来。没错，就是这里，他记得这个味道。他翻竖起衣领，缩了缩脖子，在703门口停下。玻璃门虚掩着，穿T恤的平头男子坐在大厅沙发上翻览手机，胳膊上文了条龙。他推门进去，文身男立马起身相迎。他没有说话，跟着平头男爬上阁楼包间。

有几分钟的沉默，台词他反复练习过，信任很难短时间内在陌生人之间产生。而且怀疑一旦烧着，谁也扑灭不了。他尽量拖住时间，即使要贴上身体。几个回合下来，气氛变得融洽，信任终于落到谈判桌上。女人定住神打量眼前这个男人。桌上的烟灰缸七零八落躺着过滤嘴，像是一具具死尸。

……

时间差不多了，她整理好裙摆，往后拉扯一下头发，泰然自若地走出包厢，热裤下的文身清晰可见。这像是一道时空的暗门。线索在这种晦暗的房间待不久，耳边二十世纪九十年代的流行歌曲着实有些老套。

市区的停车费降了，一个小时只要4元。他钻入车厢，点了根烟，猛吸一口，脚踩油门绝尘而去。他觉得不该来这种地方，它更像是逢场作戏的地方。

影子

想到自己终究会在这个世界上消亡，名利，财富，地位，都不再那么重要了。可是死，是一点点发生着的，好比一根点燃的蜡烛，油尽灯枯。以为还有时间，还可以看到日升日落，还有呼吸的自由。它不是不速之客，而是老友般时刻陪伴着，就跟影子一样。它看得见地老天荒。它像是一个不停旋转的黑洞，靠吸收我们的时光度日。它并不友好，但很公平。

我越来越不喜欢长途跋涉，想着家里的老母亲，念着爱人孩子。这也是衰老的某种信号。身体的溃败几年一个周期，白头发雨后春笋般冒出来，牙齿摇摇欲坠后还是求牙医将它连根拔起，眼前药品使用说明书模糊一片，要摆远一点才能看清。

围墙有形无形中控制了我。外面的世界背着我翻天覆地，里面只能演傀儡。而我在看清真相后也失去了主见。我是谁的兵，除了成为工具，有一点点觉悟都会觉得自己有罪。这似乎比死亡的来临更可怕。它是铜墙铁壁，也是世外桃源，我只是过客。

我实在读书太少，现在能东抹西涂，不过是偷来的雕虫小技。

将就

体内有外来物种入侵，或是不消化，甚至怀疑幽门螺旋杆菌的存在。穿了新袜子，束口有些紧，捆扎一天，勒出深深的一圈印痕。窗外的工地，光秃秃的那个小山坡升起袅袅烟火。徐老跟我谈论人生的时候，他的话戳中我的痛点。我说我是个悲观的人。他说悲观的人懦弱，其实没必要。人哭着来到世间，是为了受苦受难。没人有笑着来到这个世界。他没有说服我，问我为什么不回答他的话，而只是嗯嗯敷衍。要我说什么呢，我的悲观他解救不了。

站在中立位置看世界，既可以抽身，也可以靠近。

所谓青春，不过几届世界杯。这不是我的感叹，我几乎不看球赛。

胡老师说：“人要有点自信，不要脸皮的那种也难能可贵。”

我试试看。

山坡上的野火，让我想起小时候在小树林撞见戴眼镜的老人埋头烧书的场景，足足一辆三轮车。我的脸火辣辣，汗从后背往地上淋，又滋滋被烘干。我无法理解。他的镜片里冒着火。生成的热浪会在太平洋生起海啸或是飓风吗？我想起一只蝴蝶的兴风作浪。

此后经年，陈年旧事无人提及，那一堆灰肥润不了土地，也难成为亿万年之后的化石，就像我，没有存在过。

生花

这是老了的节奏吧，半生的轨迹落定。时常怀念曾经那些美好或落魄的时光。当初试图变成自己喜欢的样子，因用力太猛，过了头。吃了一些无益的苦，虚掷了一些年华。什么是幸福？得到自己想要的就是幸福，适合自己的就是幸福。物质不够用，梦想来凑。用一件错事反对另一件错事，但你会爱上这种痛苦。

人是有容量的。思想和大海一样浩瀚。一条船在海面，不是想走就能走，想停就能停。等风来，等大鲨鱼过去，甚至想靠岸。他有千奇百怪的思想。手指酸了，眼睛涩了，脖子僵了，妙笔生花就灵验了。

喜欢这种酣畅淋漓的排遣，一些稀奇古怪的念头每天从脑袋里冒出来。最后落笔生花，鲜有人问津。

人是有容量的。思想和大海一样浩瀚。

变与不变

人情有厚薄，多些欣赏的眼光就不会和世界过不去，同时解救了自己。

某个秋天，我在杨浦区的“花园医院”短暂逗留，嗅到象牙塔的气息，双子楼的背面，刚好在我仰视的高度。路过留学生公寓，不同肤色，各种语言。政民路在改造，沿街店铺被拆得七零八落。那次没见着法国梧桐，秋天一本正经。路人行色匆匆，地铁车厢摇摇晃晃，双手要抓住吊环才能站稳。我在黄浦江畔工作生活过三年，某些巷陌，变化不大，除了房价，除了我。

天黑天亮

“脸才是真正的裸体。”忘了是谁说的。每次洗澡，站在浴室的镜子面前，一丝不挂。擦干水汽，花一分钟看自己的身体，也看脸。其实是雾里看花。这个习惯小时候就有了。肉身渐渐颓败，时光还没有得逞，一如既往地优雅。山羊胡不合时宜，那时觉得文艺，在心里还是孩子。想到就要去做，不计后果，单纯，固执，容易上当受骗。

有些人自带磁场，放射出别人难以靠近的光芒。真有点自卑，靠后天努力也难周全。走的路长了，见识多了，无可救药的平庸感越来越严重。看到光亮，就会条件反射。内心稍许不安。

城市刮着风，呼呼作响，它撩起尘土飞扬。世界的不安来自世界本身。找什么去抵消呢。时间莫名离开了我。睁开眼，天亮了。闭上眼，天黑了。

现实是一座城，秋的寂静，落叶的忧伤，风尘仆仆的故人。遇到，才停下来。望得见的忧伤去不存在的远方。

我希望在简单的现实里找到宿命的源头。多年前，我坠入深渊。在痛苦的回忆里一无所获，我费尽了全身力气，我去过每个地方，它已经不在了。僵住的容颜不属于熙熙攘攘的世界。记忆也会腐烂的，倘若不留下影像，它们会变成梦魇的咒语。而我越来越顺从。在某个恹恹欲睡的下午，醒在故乡的床上。一切怎会如此混乱，意识和感觉令人遗憾。所谓的真实又不稳定的世界，飘忽在我的记忆之外。在地狱的边缘，毁灭又重生。我们坚守彼此孤立的世界，都会泯灭的。

陷于孤独之中的个体，希望摆脱和逃离这种状态，网络上只有肤浅的关系。思想碎片，情绪宣泄，情感的共鸣，喧哗一片，尽管克服了空间距离，但没有面对面的交流。选择是好事，但在更多的选择面前人又会无措。

搭桥

我去过个某医院，旁边建有教堂。

我们是唯一知道自己会死亡的生物。

打开一个内在的世界，引入不可见的世界，文字好比桥梁，写作者承当造桥工程师的角色。文字记录丰盛的思想，美好的回忆，起伏不定的情绪，一切真实的经历。一个不断拓宽的世界，“每个人身上背负全部的人性”。

剃刀

我发觉剃须刀可以收割时间。黑色的触须布满我的嘴唇四周，开动机器，一扫而光。残渣聚集在剃刀片裹挟的空盒子里，一粒粒，宛如尘埃。轻轻拍打它们，时间竟然碎了。打开水龙头，沿着下水道冲向地壳。时间也藏在光影里，细微地翻滚着，被人间吸收。这些都是有趣的事情。时间总会以某种方式保存下来，而我们总想赶尽杀绝。它们和空气一样，被我们呼吸，被我们抛弃。

风暴

我仰望不到你存在的天空。只有离别，只有悲伤，你不知道我的存在。

我们站着，虔诚地祷告；我们私语，只有你知道的秘密。我们沉默，如大理石般凝固的前世今生。再也无法触碰到，我们继续过着虚假的生活。

白色物体笼罩城市，悲凉的寂静布满天空，生出幻灭感。能否不走这条路，能否不要这样的生活，逃离这片无色。厚重的光线和潮湿的声音一起沉沦。无处可逃，无能为力。自由变得奢侈，没有希望的生活令人窒息。

有一天，时间走到尽头，世界轰然坍塌，一切休止。我们不分彼此。拯救，不朽，永恒。时光错乱，我甚至来不及了解它，只怪去得太早。悲伤是死而后生的精神赝品。

新的风暴已经出现。

无尽

冬天继续寒冷。回不去的过去，清冷，荒谬，缥缈。就好像动听的从前，徒劳无用，又挥之不去。

明朗灿烂因为冬天而流逝，忘记的比记起的多。阴暗色调和白雪皑皑是种反差，无锡还没有感觉。我们的生活充满了匪夷所思的焦虑，清醒比沉睡更久。快乐和痛苦一样清晰。它们已随秋风而去。

走过的不显眼的街景，一种荒谬的存在，令人不安，甚至讨厌。草木和毛毛虫比我们敏感。荒凉和悲伤静静地在路边开放。世事无常，拥有的更是失去的。惠山上的日落，流淌的运河，不为谁改变。我在远方，我看不到。敏感者接受所有人的苦难。铁路边，死寂般的墓地。

一切在沉睡。离天堂最近的地方。隐匿的怀念若隐若现。冬至不远，思念成疾。无穷无尽。

两眼一闭，永久睡去。对个人是一种解脱。对爱他的人是一种惩罚。人不能独立存在，痛失至亲至爱，活着的人心如刀割，肝肠寸断。除了至亲，有过的也只是一个渐渐被遗忘的名字。时间不会停止一秒，美好的世界与他无关，而且不能重来。等于放弃了一切。他们的苦，自己承担，看到也无用，介入不了。他们受人欺负，也帮不了。他们伤心难过的时候，安慰不了。这就是伤心的源头。这样的折磨要到世界尽头。

死的方式很多种，自然的，非正常的。真不敢想，放弃这个世界该有多大的勇气。人生多美妙，日升日落，一花一木。爱人，被人爱。千山万水，美食美客，不经历，那不是很亏。这个世界不是任何人能来的。来了，就要留下快乐的痕迹。给世界带来快乐，人对外界的印象，发自内心的萌动，表达上力有不逮。几张白纸，空白小便签，一支笔，一个安身立命的写字台，然后倾泻内心的欲望。清晰的时刻会到来。这种能力可以伴随一生。它也是创造的过程。

计划做一道营养汤，老母鸡炖枸杞黑木耳。一大早我去芦庄菜场买鸡。“老母鸡 34 元一斤，杀好。”跟着老板去里间挑鸡，大多数人不愿进去闻鸡粪臭。“102，115，195。”老板在里间喊。然后外间的买家和他对一下眼神，记着数字。面对质疑，老板拍拍胸脯：“放心，你的剪了一只鸡爪，他的剪了两只，还有一只没剪，不会搞错的。”我分明看见两只裸鸡都是少了两只鸡爪。也许是自己看错呢。

文字可以反映写作者个人特色，也代表一种生活态度或者精神状态。读者读它会产生共鸣，到最后可以给读者留下一点思考。简言之，透过作者的文学眼光，呈现出一个世界。尽管这世界不够积极，不够丰富，但是足够让人意识到每个普通人的生活都很有意思，很值得一过。我是一个相对悲观消极的人，在这个平凡生活里自我消解。

这兵荒马乱的中年岁月，容我再好好想想。